U0126713

鄭明娳 著

現代散文縱橫論

臺灣學生書局印行

國家圖書館出版品預行編目資料

現代散文縱橫論

鄭明娳著. – 初版. – 臺北市：臺灣學生，2018.06
面；公分

ISBN 978-957-15-1730-8 (平裝)

1. 散文 2. 現代文學 3. 文學評論

820.9508 106011778

現代散文縱橫論

著作者 鄭明娳
出版者 臺灣學生書局有限公司
發行人 楊雲龍
發行所 臺灣學生書局有限公司
地址 臺北市和平東路一段 75 巷 11 號
劃撥帳號 00024668
電話 (02)23928185
傳真 (02)23928105
E-mail student.book@msa.hinet.net
網址 www.studentbook.com.tw
登記證字號 行政院新聞局局版北市業字第玖捌壹號
定價 新臺幣三〇〇元
出版日期 二〇一八年六月初版
ISBN 978-957-15-1730-8

86311

序

對於現代散文，自己雖然是個有心人，卻時常感到力不從心。較遠大的理想，乃是從歷史的角度來審視現代散文成長的軌跡，並爲作家定位。其次是建立散文系統的理論。但這些，蹇駑如我，可能終身經營方剋完成。只是，在我對現代散文想縱之橫之的過程中，留下了一些副產品，誠然是敝帚，但卻毫無自珍之念，在趑趄沮喪中，覺得先結成集子或可稍稍自我惕厲一二。於是乎有本集的出版。

書分二輯；一輯是對現代散文理論的初步嘗試，日後將努力使它完整化、系統化。二輯是對個別作家的論述，其中前五位是作家綜論，後五位是單書批評。我個人的努力目標是對作家由單書而總論逐步做下去。所選十位作家，自一九〇八年陸蠡迄一九六二年林燿德，計出生於〇年代者一人，一〇年代二人，二〇年代二人，三〇年代一人，四〇年代二人，五、六〇年代各一人，其間生年差距有五十餘年。

當初挑選寫作對象，只是隨緣，並無特別設計。但臨出書時，則稍事過濾。十位作家及作品的意義，並非企圖爲現代散文家排名次，在我「縱橫」的野心中，最先想掌握的是現代散文前後出現過那些或優或劣的大面目。我設想十種基本面貌，也爲了這個構想，因此把舊作論余光中、琦君的文字稍事修改整編後收錄進來，因爲他們兩位的代表性難以替換。

這十位作家中，以散文爲其創作唯一文類的只有一位：陸蠡。陸氏不幸早逝，若天假以年，他的潛力是足以創作小說的。而且據記載，他喜音樂，會彈琴；從文章中，也看出他愛繪畫，就像他的散文一樣，他自己從來不曾自命爲「家」。目前因他只留下散文創作，姑且就這樣歸類。

以散文爲唯一創作文類的作家，其作品容易導致散文面貌的固定、範圍的狹窄及口味的通俗化；這並不含優劣的批判，上乘之作自有它精純專一的可貴之處。只是何以這種類似專業的散文家不能盤踞整個散文界，是個值得深思的問題。蓋擅長多種文類的作家，能夠把其他文類的優點化入散文中，補充新血，產生新面貌。集內十家，有五位是詩人，木心是藝術家、言曦是社論、方塊作家，都有一項文類蓋過他們在散文上的名聲，但在散文的創作上卻具有「專業」散文家的程度。可知散文這一文類並不能滿足較有雄心的作者，也因此，當寫作散文時，也不甘於既有的散文格局，他們的開拓，包括形式及思考方式，故，本集「個論」中以散文家的型來區分十類，作者本身皆是某型的代表，希望能囊括現代散文較重要的類型。

陸蠡是本集中唯一的三十年代作家，他風格與成就的特殊處，迄今仍無人能超越。他提示了散文某一新極致。

琦君是典型的閨秀作家，繼承冰心以降的抒情系統，在感性散文掛帥的今天，她抒情的風格，仍爲大多數女性作家所依承。而她，跨越了戰前與戰後，不論在抒情散文的成就及時代上的意義，都是最有代表性的人物。

木心是典型二十世紀的產物，現代主義色彩濃厚，立於金字塔頂看世界，是個人主義者。他的散文與繪畫關係密切，文章深邃，自我性強，在散文界是個異數。

余光中的風格完全異於琦君，他是個以強烈知性來駕馭感性散文的人，兼擅詩與藝術，又是學者與文人的結合，有意要創造個人的文體，是少數陽剛型散文家的代表。

林燿德，在十位作家中，他是唯一沒有田園經驗的人，純粹的都市產物，在後期工業社會中成長。他提倡都市文學，對都市的態度是接受與擁抱，跟一般作家明顯排斥都市、嚮往自然的心態不同，因此他的創作是純粹的都市散文；所謂「都市文學」，並不只是以都市景觀爲題材，而是作者的思考方式也都市化，反之，出自「田園情結」的作品儘管以都市事物爲客體，仍非以「都市思考」爲要件的「都市文學」。此外，他提升了知性散文的藝術層次，運用高度技巧，如魔幻寫實主義，有相當可觀的成績。

方塊、社論型的作家寫作抒情散文，以言曦爲代表。他用完全異於社論的態度與筆調來處理散文，不曾考慮把此二者打散重新佈置。因此他的散文仍然屬於保守的傳統抒情風格。

張寧靜是男性通俗散文的代表。他與琦君不同，兩人隔了一代，琦君是內斂的、中國化的、家庭的；他是外發的、歐化的、田園的。張寧靜濕軟的文字，浪漫的、唯美的田園模式，又以記歐洲山水人情爲主，因此有「男性三毛」之稱。他的作品，基本上類似於商業攝影，能適合大部分閱讀人口的趣味，討論他的作品中種種問題，是寄望提升大眾文學的層次。

洪素麗是集內與琦君並列的女作家，她的生長背景與散文風格都與琦君不同。她於臺灣海洋型氣候蘊育成長，琦君則在大陸型氣候中成熟。後者追求穩定，前者則求變異，因此散文飄逸，有流浪感，洪氏能詩亦擅版畫，多才多藝。

羅青詩畫雙絕，小品文算是他的副產品。他的散文來源有二；一是中國文人畫，故他能把畫境滲透進文字中；其次是晚明小品，從意境、結構到修辭，都受到濡染。以外文系出身的他，有這樣奇妙的組合，自然值得我們重視了。

林彧是臺灣由農業社會轉入工業社會背景中成長的作家。他介於兩代之間，是個過渡時期的人物，這個現象充分反映在散文中，他以抒情散文來寫都市，時常寓有批判，這種立場，具有足夠的代表性。

以上十位作家，大致上包括中國現代散文中前後五代的作者。跟古典散文之強調繼承傳統不同；出生序分佈在五十餘年間的十位作者，各表現明顯不同的風格，彼此間更絕無血緣關係。現代散文立求獨創，要塑造新形象，因而汲取的文化養料也是多面的，呈現的文體更是多元化的，這使我們覺得深入研究現代散文是一件值得的工作。

在體例上，本書尚有兩點必須說明的，一是各篇文字長短參差，蓋諸人作品量有多少不一，質有精粗不等，其關涉之問題也相異，故論述之文字難以平頭。其次是「現代散文的寫作與欣賞」、「羅青散文集」兩文中之註釋原擬統一刪除，但因前者引文包含非成名作家及未結集作品，刪除註釋，則讀者無法尋找原文；後者因原註中夾有評論文字，故姑且保留原貌。

——一九八六年八月臺北景美

現代散文縱橫論　目錄

序

一輯　綜論

中國現代散文芻論……三

現代散文的寫作與欣賞……一七

二輯　個論

陸蠡論……四五

琦君論……六七

木心論……八一

余光中論……八九

林燿德論……一三三

言曦「世緣瑣記」……………………一五五
張寧靜「春意」……………………一五九
洪素麗「昔人的臉」……………………一六九
羅青「羅青散文集」……………………一七七
林彧「愛草」……………………一八七

一輯 綜論

中國現代散文芻論

中國散文發展至晚明，產生追求個人風格及藝術造境的小品文。它們的種類繁多，以衛泳編輯的小品文集「冰雪攜」爲例，即收羅序、記、賦、引、題詞、跋語、書啓、傳、記、文、辭、說、雜著等體裁。可見晚明所謂小品，與後述現代散文中的小品一類並不等同。前者綜合數種文類，而以形式上的精短凝練與風格上的韻趣澹雅爲其共同指標；而現代散文意義上的小品，則受到單一文類——散文的定義所管轄。然而兩者在言志、抒情、發揚作家人格美以及追求藝術造境的各種旨趣上，則有親密的血緣關係。因此，晚明小品可以說是開了中國現代散文在主題、內涵以及技巧諸方面的先聲。清末沈復、劉鶚等作家寫下自傳式的散文，不但承襲了晚明小品的寫作方式，也啓發了民國新散文的生機。沈復的「浮生六記」與劉鶚的「老殘遊記」，雖然被許多學者劃入古典小說的範疇，但它們其實也是成功的傳記式散文。其中老殘遊記又別具山水遊記的特質。兩者結構之鬆散與作者個人意見之突出、性格之呈現，都是屬於散文的體例，而不類小說。它們是現代散文興起前夕的過渡時期作品。

新文學運動固肇始於胡適在一九一七年「新青年雜誌」一月號提出的「文學改良芻議」；

然而眞正對現代散文產生觸發作用的理論，還是由周作人所提出。在一九一八年「新青年雜誌」四月號「人的文學」一文，他主張文學應以人道主義爲張本，對於人生諸問題加以記錄和研究，涵蓋的範圍雖然跨越各種文類，但是對以發揚作家人格美爲要素的現代散文，卻有莫大的啓示作用。

在中國現代文學的發展史上，散文是一種極爲特殊的文類。嚴格的說，現代散文經常處身於一種「殘留文類」的地位。也就是，把小說、詩、戲劇等各種已具備完整要件的文類剔除之後，剩餘下來的文學作品的總稱，便是散文。而在其中，如報導文學、傳記文學等別具特色的散文體裁，一旦發展成熟，就會從散文的統轄下跳脫出來，自成獨立文類，使得現代散文一直居於包容各種體裁的「次文類」，內容過於龐雜，很難在形式上找出統一的要件。因此，在討論現代散文之前，我們先應努力從文學的角度，就內容、風格、主題三方面，歸納出散文的充分必要條件：

㈠內容方面的要求：必須環繞著作家的生命歷程及生活體驗。
㈡風格方面的要求：必須包含作家的人格個性與情緒感懷。
㈢主題方面的要求：應當訴諸作家的觀照思索與學識智慧。

以上三項要件，都以「有我」爲張本，亦卽要求其「文字上的眞誠」。所以現代散文的定義是：凡符合上述三項要件，而在形式上未歸入其他文類的白話文學作品，便屬於現代散文的範疇。

用上述定義來看中國現代散文，自周作人以降至一九八〇年代的發展，現代散文實可以劃分出八種主要的類別：

㈠**小品**：小品文是現代散文的正統主流，它的定義實際就是狹義的「現代散文」。現代小品跟晚明小品不同的地方在：後者以形式的短小凝練爲主，前者則不以文章的長短爲絕對的限制。至於兩者追求個人色彩的趨勢則相同。現代小品的特徵可歸納如下：

(1)專力描寫、表達作者個人片斷的情思，常無章法結構上的嚴格要求。至於敍事結構嚴謹的散文作品，若以人爲主，則形成後敍的「傳記」體裁；若以寫景記遊爲主題，則衍變爲後敍的「遊記」體裁。

(2)文字以簡潔峭拔爲尚。

(3)思想格局精緻統一，此正是小品文之「小」的涵義。

(4)筆調以閒適雍容爲常。

(5)以造境取勝。

若以描寫對象與偏向的不同，現代小品又可分爲四類：

(1)人物小品：以敍寫人物印象爲主要內容的小品。

(2)詠物小品：以描繪景色、器物的特質與聯想爲重點的小品。

(3)理趣小品：以知性取向爲宗，亦即著重觀微言志的小品。此類小品，有側重於深邃耐思的，有側重於幽默愉人的兩種風格。後者又因境界的高低、文品的雅俊，可區分爲雋永、諧趣、戲謔三種層次。

(4)情趣小品：以抒情風格貫徹全局的小品文。它以抒發個人情感爲要旨，不論感時傷歲，懷鄉思親，乃至愛戀悲喜，都在這類小品的範疇中。這也是現代散文創作數量最爲龐大，也最受社會大衆喜愛的體裁。

㈡**雜記隨筆**：這是一種不注重藝術造境的散文體裁。它的內容雜揉了西洋正統散文的議論性，與中國傳統筆記與批點文學的記錄性。通常以作者深厚蘊藉的學術基礎爲表裏；更須以銳利、獨到、細緻的見解穿插其間。

㈢**遊記**：以記遊寫景爲主要內容的散文體裁。遊記通常是作者遊歷陌生地域的主觀記敍，有明顯的敍事秩序；而且作者脫離了平常固有的生存空間，屬於一種特殊的體驗。它的篇幅也可有組織的擴張至數萬言以上。因以上種種特性，所以遊記雖不乏小品中以人格美和藝術造境爲訴求的特質，但是它的發展，已儼然獨立於小品之外，別豎一幟。

㈣**日記**：日記是作家依他個人特有的生活習慣及行爲模式所作的生活記錄，個人色彩極爲濃厚，也是研究作家心理、探求創作歷程的文學外緣資料。日記可分兩種，其一爲作家眞實的生活記錄；一爲作家刻意以日記體裁做爲文學表現工具的「日記體文學」。

㈤**尺牘**：尺牘在中國文學傳統上已被視爲散文的種屬之一。作家的書信被視爲文學作品中外都有例可循。尺牘的最大特色是敍述表白的對象是特定的，其他的散文體裁則是面對普遍而不特定的閱讀對象而寫。它可再分爲兩種典型；一爲純粹的書信來往，因其富有文學價值而流傳下來；另一類爲藉尺牘的型制做爲文學表現手法的「書信體文學」。

㈥**序跋**：序跋是爲了介紹特定著作而放置於書前或書後的特殊散文類型。它所描述的對象都環繞在著作以及作者，或上二者與寫序跋人的關係上，應用的性質極爲濃厚，且知性的成分也很明顯，上等的序跋，它的文學價值與功能可與理趣小品等量齊觀。序跋又可分爲自序、自跋及為他人所做的序跋兩大類型。

㈦**報告文學**：此又稱報導文學，是以力求客觀的報導性文字，針對特定時空下的歷史問題、社會結構，乃至人種與生態環境的發展、變異、衝突的過程，搜集各種見聞與紙上資料，而加以記錄報導的散文體裁。報告文學，原於第二次中日戰爭前後，在大陸文壇開始萌芽，至七〇年代末期在臺灣文壇再度興盛，已逐漸脫離了與散文的從屬關係，可預期成為一種獨立而深具發展潛力的文類。

㈧**傳記**：記錄個人歷史的散文體裁。它具有強烈的報導性，其貫時與以特定個人生涯為中心主題的特質，則與報導文學較偏重時空橫斷面，及以特定種族或生物集團的動向為中心主題的特質不同。傳記與現代散文的關係，跟報告文學一樣，都在現代散文定義的邊緣地帶。傳記可分為狹義的傳記及自傳兩種。

全面衡量中國現代散文的歷史，當以小品體裁的發展最為蓬勃，也最受重視。小品作家中，周作人在現代散文史上是具有影響力的開拓者，為中國二十世紀的新散文帶領出一條新的路徑。他的散文，用字遣詞，如行雲流水，信手拈來，皆是智慧語；而平易如述家常，雕鏤全然不見痕跡，蘊藉而深刻。他的文字結合了外來語彙的新穎、中國文言的雅緻含蓄與白話文的靈巧曉暢，文理結構精緻勻稱，起承轉合之際，節奏舒緩寬容而不浮躁，文采豐蔚淋漓而不夸偽；他所採擷的主題十分廣濶，一生中的著作可歸於現代散文範疇的約有三十餘種。在理趣小品及雜文隨筆兩種體裁上，質量俱佳。

周作人的作品不論風格、語言、結構及主題的運用，都已臻至成熟圓滿的境界，使得小品和雜記隨筆在肇造期間，就達到第一個高峯。相形之下，中國現代小說及新詩在草創期間，都顯得生澀粗糙，數十年來，幾經坎坷，始逐漸邁向成熟的階段。現代散文初期的成就，揆其原因，大致有二：

㈠因現代散文與傳統文學的血緣關係使然。現代散文實建立在有幾千年歷史和流變的傳統散文基礎上，特別是歷代筆記及晚明小品，早已奠定了現代散文深厚的文化根本。故現代散文初期，雖然採用反傳統主流的白話語法結構，也援引了東、西洋的形式與技巧、典故進入創作之中，但是因爲根基穩固，所以能夠迅速地兼容並蓄，反而助長了現代散文的發展，反觀現代小說與新詩，主要的創作與理論，都藉力於西洋，跟中國傳統文學聯繫薄弱。由於引入全新的觀點及理論，使得作家必須重新去學習、適應，同時還須徘徊在兩種文化系統的文學觀間，不斷的折衝、衡量，使得他們在初期的發展，無異平地起樓，其成就自然不能與現代散文同日而語。

㈡初期散文大師周作人等人，秉承中國通儒之精神，學識紮實淵博，加以智慧過人，才筆如椽，故能在藝術造境上和寫作技巧上開拓出一全新的局面，也帶動了文學的氣候和風潮。

早期兼擅小品與雜文隨筆的散文作家，尚有林語堂、梁遇春、梁實秋等人。理趣小品中的幽默境界，以雋永爲最高，可以周作人爲代表，其次爲諧趣，再次爲戲謔，戲謔已近於玩世不恭，再下之則淪爲狎邪打油，不入殿堂矣。林語堂的幽默小品能夠聞名國際，主要是爲他曾以英語寫作許多小品，其風格介於雋永與諧趣之間。他經常在文章中以粗淺的角度詮釋中國儒、釋、道三教的觀念，加以筆調輕巧有餘，雖然對中國文化特質的考量並不夠深刻，但恰足以激發大衆的興趣。他對於人類生活的體悟與省思，也以幽默手法描寫，於是擁有「幽默大師」的頭銜。林氏早年在周作人兄弟主辦的「語絲週刊」上發表了不少文章，與作人之兄樹人相唱和，共同諷刺時局，批評政治，筆下充滿尖酸刻薄的譏刺語調，與周樹人風格十分近似，以「剪拂集」爲當時的代表性作品。直到一九三〇年，林氏力倡幽默小品，風格才轉入一嶄新境界。在「大荒集」中「論小品文筆調」一文，林氏提出他對小品的看法，一點謂小品文可以說理，可以抒情，可以描繪人物，可以評論時事，凡方寸之中一種心境，一點佳意，一股牢騷，一把幽情，都可聽其由筆端流露出來，他並認爲小品文的表現方式是現代散文的技巧。基本上他所承襲的觀點，是來自蒙田以降西方散文的流亞。蒙田在一五八〇年刊行的「嘗試集」序中提及，他希望表現自我原有的、自然的、日常的面目，不要帶絲毫造作，希望將自我的眞相，在社會禮教認可的範圍中，赤裸裸的表現出來，林語堂把小品文體視爲現代散文表現方式的技巧，文字技術層面上追求「筆調上之一種解放」，在一九三〇年代的中國文壇，確有重要影響。林氏作品的境界雖不如周作人，但是他的風格具有雅俗共賞的優點，較諸周氏小品中濃厚的文化貴族氣息，更能引人入勝。林氏的小品雖然經常涉及學問，但他的態度和立場實在是屬於市民的。他有三十餘種著作，一度曾有獲得「諾貝爾獎」的呼聲，是中國現代最具知名度的小品與雜文隨筆作家。

梁遇春不但是個散文家，也是位著名的翻譯家。對於西洋文學有相當的造詣與廣泛的研究。他只活了二十六歲，留下兩部散文集：「春醪集」和「淚與笑」。他的作品被譽爲「新文學中的六朝文」。兩部散文集中的作品泰半偏重理趣，雜引中西典故，信手拈來。他的散文與英國正統散文的血緣關係較周、林二氏尤爲密切。後二人的作品仍深具中國士大夫的色彩，而梁遇春作品則明顯地傳達出一種西方知識份子型態的思想模式。雖然他也自中國舊文學中吸取了幽玄深邃的表現手法，但是他文字中所透露出來的生命情調，則呈現了虛無主義和宿命論的色彩，徘徊在浪漫與頹廢之間。他的生命哲學則存在於個人主義觀的籠罩之下，字裏行間隨處流露出他的聰明與冷靜。他可說是早期中國散文家中最具有西方知識份子思想型態與哲學觀的一位。當然，他最重要的貢獻仍在於他得力於英國散文的工整文法、修辭與章法。他在篇目上的精巧設計也堪稱一絕，時常有出人意表的題目出現。他兩部散文集中作品風格都已臻成熟的地步。梁氏的確在一開始就綻放出圓滿的花朵，但瞬卽又像殞星一般悲慘地消滅。梁氏跟一九二〇年代末期出現的「新月派」也有密切的關係，曾在「新月」月刊中主編「海外出版界」專欄，共執筆十七篇，也是中國早期報導文學中的精品。他在「從孔子到門肯」一文中說：「小品文是最能表現出作者的性格的」、「隨便說一句話，都含有無限的深意，這都是讀破萬卷書後所得的綜合」。在中國散文的初期，他與周、林三人都掌握住了小品文的精神，也提出了可觀的成績，奠定了現代散文的發展基礎。

梁實秋的風格近似遇春而更爲平實。前者也兼擅英美文學的研究與英國式正統散文的創作，也是當代一位重要的翻譯家。在翻譯方面的成就較他在散文史上的地位更爲重要。他代表性的散文作品有「秋室雜文」、「雅舍小品」。

至於更爲純粹而專注於意境的小品，則以陸蠡爲代表。他同梁遇春一樣，是個早逝的文人。他的代表作品都收在「海星」、「竹刀」、「囚綠記」三集中。陸氏的文字華麗精緻，文章的結構、組織都經過細心安排而不落入造作矯飾，行於當行而止於當止，餘韻足以繞樑。他著重於造境而擺脫了學問術語的包袱，把他的智慧和人格溶入於晶瑩透亮的風格之中。陸氏作品雖然不多，已堪稱風華絕代。「海星」一書中諸篇，自一九三三年開筆，至三六年春天竣稿，每篇不過三數百字。在該書後記中，作者表示這些文字是寫給「比我年輕的小朋友們看的」，其實「海星」一書已開拓了中國散文中全新而可貴的心靈境界，充滿著幻麗的色彩，對於現實的悲苦也能給予一種高貴的昇華。「海星」一集中以詠物小品與情趣小品爲主，其中又蘊藏著強烈的寓言性質，雋永中帶著淡淡的哀愁，情韻綿邈，尤其值得重視的是他流暢精緻而乾淨俐落的文句與修辭，像頂眞、感嘆、仿擬、藏詞、夸飾、轉品、映襯、象徵、雙關等技巧，都運用自如；自然而毫不生硬造作，已經爲藝術化的現代散文立下了標竿。在結構方面，陸氏的小品以篇幅簡潔、段落承轉靈活著稱，他的「海星」可以說是融滙了現代與古典、東方與西洋各種文學技巧之大成。他的第二部散文集「竹刀」及最後一部散文集「囚綠記」，又完全突破了他在「海星」集中的風格，呈現了更深的憂鬱與更大的關懷。「竹刀」集中記敍了許多與作者切身有關的女性故事。他站在人道主義與女性主義立場來關切中國女性，但是卻以抒情的筆調靜靜敍寫事件，不把批判明白的落實在紙面上，運筆含蓄婉曲。此外，他的筆鋒也轉向描寫中國的大鄉土，深刻的關切與情感表露無遺。在「囚綠記」中，陸氏風格轉入平易，敍事明白曉暢，內在音樂性十分圓潤輕巧，而且帶有濃厚的文人氣息，警句仍然備出，在那個動亂的時代，陸蠡一貫繼續著他優美的玄思，只是更爲沉重了。「囚綠記」完成後，陸蠡卽被日本憲兵殺害，一代巨星殞落，令人惋惜。陸蠡在情趣、詠物小品方面的成績足以和周作人的理趣小品相輝映。

三十年代中值得注意的小品作家還有廢名。他以禪趣見稱，文字頗具特色。另外以新詩著稱的冰心、何其芳、李廣田、徐志摩、朱自清等人，也都以情趣小品著稱於當時。冰心的散文早期以「寄小讀者」一書較爲著名。此書雖以情趣爲出發點，其主要成就卻在於寫景的部分，十分細膩清麗。她後來的散文一直保持這種特色。整體看來，冰心在散文上的成績不如她的小詩創作理想。但是她是中國現代散文史上第一位重要的女性作家，卻是不可動搖的事實。何其芳以「畫夢錄」一集最具代表性，他偏重形式、字句與意象之美。內容以抒情與傷逝爲主，帶著濃厚的頹廢氣質，也顯得造作，缺乏陸蠡自然的特色；何氏散文的境界並不算高。與何其芳並稱的詩人李廣田，以散文「畫廊集」和「銀狐集」爲代表，他的語言比較自然平易，內容也偏重情趣，敍事憶往，筆下田園風土人物歷歷在目，平凡中見眞摯。徐志摩爲新月派領袖，是一位唯美主義者，也是一位理想主義者、個人主義者。這些特色都流露在他的散文中。徐氏的散文充滿濃艷華麗的辭采，雕琢修飾不遺餘力，情緒溢於紙上，許多作品有著強烈的意識流傾向。他的日記也似乎是存心寫成日記體的文學作品，已可見出刻意雕琢的痕跡。徐氏文字的優點是活潑、生動，文氣連貫，但在鋒芒畢露中，也暴露了他浮躁的缺陷。朱自清與徐志摩齊名。徐氏散文是才子型的散文；朱氏則是學者型的散文。氣韻較志摩深沉，文字也遠比志摩清新自然，不見矯飾。抒情經典之作「背影」已有其不易的地位。朱氏的部分論理雜文，也有足堪玩味的地方。他寫感情、寫身邊瑣事、寫世景、寫遊記、寫雜感，都有一種安定而平靜的心態，能夠閒適地表達自己的看法。

另兩位不可忽視的散文作家是周樹人及郁達夫。周氏在中國小說史上有著舉足輕重的地位，他的散文，也有很大的影響力。他散文的長處在於觀察事理的尖銳深刻，而對於自我心理分析和意象的描繪上，都具備深厚的功力。他一些批判性的理趣小品則嫌尖酸刻薄、格局狹隘，缺乏大散文家開敞的襟懷與氣度。

郁達夫精擅雜文隨筆，理直而氣壯。他的情趣小品則有頹廢派傾向，有強烈的自剖性，且對性苦悶有大膽的發掘。

早期小品散文以理趣小品爲正宗，之後詠物小品、人物小品、情趣小品不論在質與量上都逐漸取代了它的地位。尤其是情趣小品，已經成爲一九四九年之後臺灣散文界的主流，由於編輯方針及市場導向諸種因素，女性散文家優美柔麗的文句、溫婉綿邈的情感，成爲一般讀者訴求的主要對象。臺灣地區崛起的重要女性散文家，包括在大陸時期已開始寫作的蘇雪林、琦君、胡品清、張秀亞，以及在臺灣開始寫作的張曉風、蔣芸等人。這類作家可以琦君爲代表。她的散文，無論寫人寫事寫物，都在平常心中含蘊至情，在清淡樸實中見出秀美。她的散文，不是濃妝艷抹的豪華貴婦，也不是粗服亂頭的村俚美女，而是秀外慧中的大家閨秀。她的散文值得重視的是，她那文化貴族的魅力，加以感受敏銳、文字圓熟，剖析家常瑣事亦能深得三昧。但是仍不免情溢乎文、文不勝質，這實也是中國自冰心以降女性作家感性散文一貫的通病。

一九四九以後的理趣小品，以兼具詩人及學者身分的楊牧、余光中爲代表。楊氏談理論學，信手拈來，雖經過仔細思索，卻表現得行雲流水，自然天成。楊氏兼擅文史，多有雋永可喜的見解提出。他的感性散文，抒情詠物也有足多之處。余光中則刻意創造自己的文體，他的學問廣涉中外古今，技巧多方試驗鍛鍊，文字運用變化多方，氣勢雄渾開濶，是不可多得的陽剛型散文大家。在現代散文領域的開拓上，他不僅多方努力發揮中國文字的特性，且嘗試吸收詩、小說等文類的優點於散文的創作，有相當可觀的成績。

遊記小品在現代散文中的產量也非常豐富。余光中的山水遊記可爲代表。余氏遊記多印象式的表現，著重景物帶給作者的聯想與觸發，想像奇特動人，用詞生動活潑，對白精簡雋永，旁涉博物地理，顯露個人才識，也能結合現代文明現象，感性、知性交溶，爲中國遊記文學拔起一座高峯。此外，擅長遊記之作的還有徐鍾珮、陳斯英等人。

日記體散文，當以「志摩日記」聲名最著，唯情溢於文，且文字也嫌蕪雜；冰心也有日記問世，典麗溫婉，實則是她散文的另一種表現形式。「夏濟安日記」則雜陳生活、學問及情感，頗能顯現作者的內心世界。大體而言，中國現代散文的日記類型，尚無重要的經典之作出現，實際上，在日記中，要兼具眞實性與藝術性，本來也是最不容易的事。

尺牘可以周樹人、朱湘兩人爲代表。周氏「兩地書」實具他雜文隨筆的一貫風格，對象雖然是相戀的情人，但是與徐志摩的戀愛日記絕不相類，並沒有洋溢的熱情與噴薄的思念。朱湘與妻書，爲後人纂集而成，朱氏原無公開發表的念頭，其中眞摯的情思，家常的文字，是迄今最佳的尺牘文學之一。

序跋屬於應用文學，幾乎每一本出版品都有序或跋，但絕少人注意序跋的文學價值。序跋家中，當以楊牧較爲重要，他的序文，結構謹嚴，斷語評論也絕少感情用事，同時文字優美，故在藝術性上，不亞於精緻的小品，又兼具評論的功能。

傳記及自傳一直綿延不斷地發展，但大部分作品都以記實爲主，而缺乏藝術匠心的運作。比較來說，沈從文與胡蘭成的自傳是當中寫作技巧較爲高明的作品。整體來看，傳記作品雖然一直風行不輟，但仍無經典之作出現。

以上綜論六十年來的中國現代散文，其中小品及雜記隨筆，在質與量上均居主流，由於作家及作品過多，不及細述，只能以一二具有代表性的作品窺見一斑。筆者撰此文的目的，除了個人將逐步探討各種體裁的作品及理論外，也希望能提供創作者以較廣濶的視野，能夠從多方面從事創作，開拓現代散文更遠大的前程。

現代散文的寫作與欣賞

所謂現代散文，它是獨立的藝術形式，不是任何文類的附庸❶。故在現代文學的領域中，首先要給它一個與現代小說、現代詩鼎足而三的確鑿地位。事實上，自新文學運動以來，在產量上，散文的作者與作品都多於小說及現代詩。因為有許多非小說非詩的作品被名之曰散文。這不但使散文的內容過於龐雜，也使它的形式過於游移。是故我們有必要濃縮一般人對散文的定義：現代散文無論抒情、敍事或說理，其形式必須是美文。也就是在內容與形式上都必具備散文的基本條件，內容求其深，形式求其美。

在內容上，現代散文或努力於情感的抒發，或孜矻於理念的寄託，無不求其深邃廣邈。表達情感，是現代散文泛濫的方式。不論寫景、抒情、敍事或摹物，作者都不會忘記跟一己的感情拈連一層關係，這誠然必要。但感情人人皆有，如果傳達不力，效果只會適得其

❶散文在中國傳統文學中是一個重要的文類。新文學運動後，受到西方以詩、戲劇、小說為主的觀念影響，使現代散文的地位變成附庸。

反。故，如何掌握普遍的感情及刻鏤深刻的感受是值得作者深思的。

例如父母親子之愛，人人皆有，這是有普遍的感情。也唯其太普遍，作者泛泛寫來如何能動人心？比方要寫自己的父親，絕不能把他一生的行狀巨細靡遺地陳述出來，儘管他是相當偉大，值得羅縷記存，那就去寫一本傳記吧。在散文的殿堂裏，只能捕捉一個人的一個片面。段永瀾「我的父親」❷便針對父親兩個特點：廉吏與嚴父，二者又互相影響，所以，其實只寫了父親的一種風範——人格特徵。這位父親從小是個孤兒，在貧困中奮鬥出來，所以他教育孩子也要吃苦耐勞，也使他做了一個不解風情，缺乏情趣的父親。他爲官清廉周正，做了一個不懂積財養家，恒無儋石儲，窮病而死的官吏。這種形象是那麼篤定地樹立在一篇短短的散文中。

朱自清的「背影」❸則更集中火力，只寫父親一意對兒子付出愛的「迂陋」形狀，且縮小範圍，鏡頭直接特寫父親爲兒子買橘子時攀爬月臺的一點背影。就這一幕，感動了他的兒子，也感動了讀者，造成全文成功的大轉折。親子之情的溫暖無限上升，是篇充滿感性的文章。以上兩文，父親固是主角，但如果做兒女的搭配不當，也難以烘托成功。所以，「背影」中兒子之「迂」與父親之「迂」相映成趣。從父親一片愛意中，也反射出兒子亦是有情之人。而段文中搭配父親的則是一個柔中帶剛的女兒，時時有不「苟」同於父親的看法。兩位子女的性情也都直承其父親而來。

母親，當然也是絕好的題材。胡適「我的母親」❹寫母教；琦君「髻」❺寫母德；王鼎鈞「一方陽光」❻寫母愛。因爲角度不同，重點相異，呈現母親的風格懿範也就各具面貌。

王祿松的「曠野悲歌」❼也是全力寫母親，子題爲「長懷與永痛，獻給母親」，文尾也注云「母難日，杜門飲泣作」，再從文內作者自繪悲痛欲絕之相，亦可見作者確然「長懷永痛」。但此文本身的震撼效果似乎不多。五千字的篇幅中，作者記敍母子間的事不外戰爭逃難，母親養育之恩，及母子死別三大項。戰爭對人類的傷害是永遠挖掘不完的題材，可惜本文敍錄速度比紀錄片還快，例如：

> 在銅鼓嶺我們相攜逃亡的往事，一家子輪流著患瘧疾，在舉目無親的異地，生涯慘淡，就醫無計；我們常去採山果來充飢，曾在山巖洞中相抱低啼；躲飛機，聽炸彈震撼山谷，葉落紛紛，下得山來，看敗垣頹牆，十家九空，殘磚碎瓦，壓覆著一片寥寂……

❷見「親情、愛情、友情」，長安出版社。
❸見「朱自清選集」，黎明文化公司出版。
❹「我的母親」是節自胡適「四十自述」中「九年的家鄉教育」。選入今國中國文第一冊。
❺見「紅紗燈」，三民書局。
❻見「碎琉璃」，九歌出版社。
❼見「中國當代散文大選」第一冊，大漢出版社。

這是古今中外戰爭一例的「面」，作者應該掌握的是戰火覆蓋之下的母親，她身心的血淚。這裏需要細雕慢琢。至於母親生養之恩，更是普天下母親的「共相」，作者寫道：

> 爲乳我，妳憔悴床第；爲暖我，妳張羅食衣；爲育我，妳劬勞旦夕；爲教我，妳殫精竭慮；爲保我，妳身心皆疲；爲成我，妳勞瘁不已……我幼時多病，妳眼不交睫；妳慇懃灌藥，我咬碎湯匙；我便溺盈床，妳細心料理；妳日夕操勞，我夜無眠時；我跌破下巴，妳悲不進食；妳清羸癯瘦，我頑劣調皮。

作者必然很用心於雕琢文字，可惜這些排列整齊，音效鏗鏘的句子❽，所烘托出的是每一位通常母親的面貌，而看不出作者母親的個人特色。也可以說，作者表達的企圖太大，太多，但這種企圖顯然是散文所負荷不了的。回頭看前舉數文的企圖有多小：胡適的母親在嚴教中透出慈愛；琦君的母親在嫉妒中見其寬厚；王鼎鈞的母親在一方小小陽光中流露溫暖；只是這一點點，卻可以使一個人不朽。

普遍的感情除了要善加掌握其特色外，還要求其深刻。例如小兒小女一派天眞的姿態，是許多作家捕捉過的對象。固然，像琦君筆下「孩子的生日」❾、劉靜娟筆下的「小兄小弟」❿或夏楚的「童話」⓫，曉梅的「兩歲的小孩」⓬……等等不勝枚舉，他們都拍下童稚心靈天眞爛漫的一面，讀者閱來也極可親可愛可翫。但這一類型的小品，都不免過於纖巧，比諸父母對子女的親子之愛，分量上要稀薄許多。

王鼎鈞的「紅頭繩兒」⓭在小兒小女的散文中，獨樹一幟。它寫抗日戰火下一個小男生的初戀。小女主角連名字也未出現過，只用她頭上紮的「紅頭繩兒」借代，她的五官身材長相，文章裏也沒有交代——這正是一個小男生朦朧的眼光映照出來的吧。她是外地請來的校長的獨生女，沒有母親，手指尖尖，梳著雙辮……從小男生的眼光看到的她只是楚楚可憐的單薄，所以他暗暗地喜歡她。當上課鐘響，孩子們都衝進教室，因爲老師會記下遲到者的名字。但是，小男生總是落在後面，「看那兩根小辮子，裹著紅頭繩兒，一面跑，一面晃蕩。」不但寫他愛看她，也在保護她，不讓她落後。在那個時代，尤其小兒小女的愛，是絕不與公然表現的。所以，小男生也只能在孩子們擠著摸鐘的時候：「後面有人擠得我的手碰著她尖

❽現代散文的修辭也日新月異。句型整齊的排比對偶句式常不若參差活用的妙趣天成。例如余光中「思臺北，念臺北」中有云：「北起淡水，南迄烏來，半輩子的歲月便在那裏邊攘攘度過，一任紅塵困我，車聲震我，限時信，電話和門鈴催促我，一任杜鵑媚我於暮春，蓮塘迷我於仲夏，雨季霉我，溽暑蒸我，地震和颱風撼我搖我……」（見「青青邊愁」，純文學出版社）排句中夾著長短句型的靈活運用，文氣充沛，意象鮮明。

❾琦君寫兒子的散文相當多，「孩」文見「琦君小品」，三民書局。

❿見「心底有根弦」，大地出版社。劉靜娟「童話」文字極多。

⓫見「今日生活」一九七〇年三月號。

⓬見聯合報副刊，一九七九年八月一日。

⓭見註❻。

尖的手指了，擠得我的臉碰著她紮的紅頭繩兒了。擠得我好窘好窘！好快樂好快樂！可是我們沒談過一句話。」後來他們有好幾次獨處的機會，但小男生一句話也說不出來。於是拿定主意，非寫一封信不可。蘆溝橋事變發生，日軍節節進逼，迫使學校解散，校長決定把大鐘埋在地下，免得淪入敵人手中，變成子彈來殘殺中國同胞。大家都圍在將埋的鐘邊，這時小男生摸著信，擠到紅頭繩兒身邊，就在他要傳信的那一刻，敵機轟炸，大伙四散躲避。他仔細的回憶，當大地震撼時，他已順勢把信塞入她手中。當他出了防空坑，看到鐘架已炸坍、鐘恰好掉進坑裏，工人正在埋鐘。

大轟炸之後，小男生走上孤獨的征途：「童年的夢碎了，碎片中還有紅頭繩兒的影子。」所以，在征途中，看見掛著一條大辮子的姑娘，他想，紅頭繩兒也該長這麼高了吧？看見新娘娘，也想過：紅頭繩兒嫁人了吧？在陌生的異鄉，他摸著小學生的頭想：「如果紅頭繩兒生了孩子……」直到有一天，他跟校長又見了面，他問候校長的種種，幾次想問他女兒，幾次又吞回去。終於忍不住還是問了。原來，那次大轟炸之後，她便失蹤了。這時，小男生仔細回想敍述那次大轟炸的情景——只瞞住了那封信。這時，淚珠在校長眼裏轉動，「我知道了」，他說：「空襲發生的時候，我的女兒跳進鐘下面坑裏避難。鐘掉下來，正好把她扣住，工人不知道坑裏有人，就塡了土……」男主角無論如何不相信、不能面對這種事實，校長反過來安慰他：「老弟，別安慰我了，我情願她扣在鐘底下，也不願意她在外面流落……」臨走時，校長還安慰他：「有一天，咱們一塊回去，吊起那鐘，仔細看看下面……」當夜，男主角做了一個夢，他帶了一羣工人，挖起鐘，發現下面空蕩蕩的。但「我當初寫給紅頭繩兒的那封信擺在那兒，照老樣子疊好，似乎沒有打開過。」

小兒女一顰一笑，或喜或怒，緣於天真無邪，故可愛復可掬，但往往缺乏深度。「紅頭繩兒」卻能突破這點；它不但寫一個小男孩從前有多喜愛一個小女孩，且將這喜愛在心頭化爲歷久彌新的硃砂痣。故而，雖然「童年的夢碎了」但「碎片中還有紅頭繩兒的影子」⓮，故在征途中，他看見掛大辮子的姑娘、盛裝的新婦、小學生……這些對紅頭繩兒的聯想，證明他對她未嘗或忘；一個孩子的惦戀之情能這麼長久這麼深切已足令人歎服；作者卻不肯就此罷手；它的結尾更叫人憮然同嘆！紅頭繩兒還只是一株幼苗，就被活埋在鐘架下，這種結局多年後才被眞正愛她的兩個男人——她的父親及文中男主角所知道。做爲父親，面對這個事實會有多悲痛，文中未細述，讀者自可補上——因爲這是父失愛女的人之常情——但男主角的感受如何呢？作者卻細細寫來；他再三認爲不可能，即令可憐的老校長反過來安慰他，他仍然不願意面對紅頭繩兒的結局。所以，當夜，他做了一個夢——正意味著願望的顯現——帶著工人掘起鐘。「下面空蕩蕩的」紅頭繩兒不在，但他寫給她的那封情書原封在那兒。這結尾實在餘味無窮。他是那麼愛紅頭繩兒，在那麼小的年紀就愛她，所以他對她的想望絕非如成年人的戀愛結婚。他最大的想望，是那封情書能順利傳到她手上，希望她平安——對戰時的人們是多麼重要——而幸福地過日子，所以想像她已長大，已嫁人，已生子。這種愛戀，越過了男女狹窄的婚姻佔有之愛，實在是人類最高貴的關心！然而，當那封

⓮ 此處作者實際上還在跟全書「碎玻璃」的主題相呼應。

情書的傳遞與紅頭繩兒的生命有點衝突時，他很自然在夢中——潛意識吧！——做了抉擇：他寧願那封挖空心思寫出來，又忍著心跳，緊張得發暈才擠近她身旁要傳遞的信「照老樣子疊好，似乎沒有打開過」，這是他這一生唯一可能與她相溝通的一線，他寧願放棄，也不願意她活埋在鐘架下。另外，這篇文章的背景是戰爭，作者沒有花很多渲染誇張的筆墨來形容戰爭。但是戰爭對人類的傷害有多大呢？在大轟炸後：

> 很久很久，槐林的一角傳來女人的呼叫，那是一個母親在喊自己的孩子，聲嘶力竭。接著，槐林的另一角，另一個母親，一面喊，一面走進林中。立刻，幾十個母親同時喊起來。空襲過去了，她們出來找自己的兒女，呼聲是那樣的迫切、慈愛，交織在偌大一片樹林中，此起彼落……
>
> 紅頭繩兒沒有母親……。

這裏，作者不但寫戰爭給人類妻離子散的悲劇。同時也寫紅頭繩兒的楚楚可憐，她沒有母親，所以不會有人呼喚她——她的母親是如何失去的呢？也是另一次大轟炸吧？——作者給她刻畫最多的就是她的單薄：沒有母親，尖尖的手指、細小的聲音。在全文中，她沒有音容笑貌，沒說過一句話，只給讀者一個楚楚可憐單薄的影子，這也似乎正是小男孩愛她憐她的最大因素。故，想接近她照顧她，成爲他當時最大的夢，但「童年的夢碎了」美麗的童年，宛如璀璨的琉璃，但被戰火炸得粉碎；而炸碎的是一個尚在抽芽茁長小女孩的生命，一位淒涼老父的心，以及男主角極力護守的童年的夢；戰爭，炸碎的豈止是一個人小小的童年？

在一次偶然機會中，筆者讀到蔚林的「弟弟，我對不起你」⑮這篇文章，從文題之樸拙，及風格質勝於文等等跡象看來，作者恐非經常寫作的名家熟手。但每次重讀此文，總不免被文內那倔強的弟弟所撼動。

情節非常簡單，念初一的「弟弟」患了奇怪的病，不吃飯，只喝汽水，整天皺著眉頭，懶洋洋地躺在床上。經過兩年的檢查，出入許多大牌醫院，但沒有一位醫生查出他患的是什麼病。父母病急亂投醫，弄得精疲力盡，偶而會埋怨兒子不保重自己，體諒父母。這時，這位姐姐「火爆的脾氣就忍不住發到弟弟身上」，她大聲指責弟弟害得全家不太平，是剋星：「暗無天日的摸索狀態下，全家人的情緒都低落沉寂，誰也沒好性子說話，怒詈有如弦上的箭，稍遇震動，霎時抽出，箭頭指向弟弟。」但是「弟弟的態度頑強，不論我們用鼓勵的方式，或是用諷刺的方式，他依然故我，不加辯解，他像個廢物，三餐勉強吃幾口，大部份時間都在睡，頂多偶爾翻動一下書，和以前嗜書如命的個性相比，判若兩人。」直到「弟弟」雙目失明，神智偶爾不清，醫院仍以爲是精神不正常。最後由腦部打洞測知是惡性腦瘤，醫師也接著宣判開刀無效，只能拖一陣的死刑。這時父母痛惜，姐姐追悔，但弟弟已餘日無多，很快就去世了。

本文對弟弟倔強剛硬的性格掌握得很好，充分凸顯出弟弟因這種性格而會有的寂寞。且

⑮見新生報副刊，一九七五年八月四日。

文中把寂寞與事情的發展，拈連極為巧妙。在他初生病的兩年裏，面對家人的責罵，他從無一言申訴，寧願隔絕自己與家人溝通之路，事實上，從他臨死前要緊握姐姐妹妹的手，可見他也是個喜愛親情溫潤的人。但若在對方不諒解的情況下，他寧願選擇隔絕的寂寞。其次，是休學的寂寞。他好勝好強，成績總是名列前茅，身體不舒服仍抱病上學，「硬撐活撐，仍熬不到聯考，終於在十二月上旬辦理休學手續。」

高中聯招放榜那天，弟弟哭了，從不肯輕易在人前顯示軟弱的弟弟，仆在媽媽的肩上，哭著說：「媽，你看，同學都上高中了，我還是初三，人家看了我的學號，一定以為我留級，把我當成壞學生，媽，你快帶我出院，我要去上學。」

弟弟的眼盲與臨死一幕，把他的寂寞不但加深也擴大無限。眼盲，幾乎隔開了他與外界的一切，除了他再看不到自己的親人，還要受到外界的傷害——他無法分辨冷熱水龍頭而被燙傷。

弟弟死前一夜，突然精神煥發，握著姐姐妹妹的手，要唱歌給媽媽聽。全家人以為病情好轉：

第二天早上，天氣晴朗，一掃連日陰霾，爸媽和我全喜洋洋地去上班。爸媽餵過弟弟的藥，確信弟弟不會再吐，才放心地上班，臨去並說：「乖乖，等媽回來給你帶好吃的東西。」等媽回來，天地早已變色，臨終時的弟弟，身邊沒半個人陪伴，妹妹去菜場買菜，小妹在同學家做功課，誰也不知道弟弟何時孤獨寂寞地離開我們。

作者這樣「安排」弟弟的死亡，在文章上，實在技高一籌。完成了弟弟寂寞的一生。死亡，在文學作品中，用來處理人物的結局，或故事的結束，本來只是下下策，應該極力避免的。但是在「紅頭繩兒」及「弟」文中，都更加強主題的震撼力。運用之妙，還是存乎一心。

「弟」文的重點不在手足之情，而是一個倔強的小勇者，他的神情面貌，叫讀者心酸心疼心惜。讀畢此文，不禁令人擲筆而嘆：寫情的散文，至情至性，實是充分必要的條件，它自然能散發出人性的光輝。如果要刻意去雕琢刻鏤，恐怕反而會剝落幾許眞率之氣。

情感之外，理念的寄託也是現代散文很好的一片沃土。小至對一件事的看法，擴至個人的哲學思想，大至對國家民族或人類的觀念。余光中曾經寫過一些「方塊」式的小品論文，如「朋友四型」、「借錢的境界」、「幽默的境界」⑯等等，既無「方塊」之嚴肅板滯，又有散文的「精新鬱趣」⑰，余氏這一類散文不但見解獨到，且章法新奇，風格多變。在他行年五十一時，發表一篇「催魂鈴」，針對電話之驚人惱人，半眞半假地嘲諷了現代文明⑱。

⑯ 俱見「聽聽那冷雨」，純文學出版社。

⑰ 此爲黃維樑評余氏散文，見「火浴的鳳凰」導言，純文學出版社。

⑱ 黃維樑有專文評介，見「誇張與俳諧，有趣又有益」一文，中華日報，一九八三年三月十日——十九日。

類似這樣精緻的散文，實在是現代散文中上乘的「點心」。

散文還可以進一步，表現作者的思想，對人生的體悟。汪文的「眞空的世界」[19]表面上在描寫一個被迫入寺的小尼姑，想逃離現有的生存環境，但終於失敗而認命。她曾兩度企圖脫逃，一次在十五歲時，堅持要入校求學，最後狼狽不堪的回到寺裏。第二次在十七歲時的一個黃昏，決心逃走：「我躲在牆角」正「伺機而動時，卻已化成一株石榴，再也走不出這塵蕪寺了」，第一次是受人爲的阻擋，第二次則是命運的撥弄。故最後只好認命妥協。這篇文章在筆者看來，它骨子裏是在訴說一個女孩在教育制度下的捍格與掙扎。故「我」七歲被送入寺裏，削髮著尼姑服，正吻合小學生入學剪髮著制服。她逃出寺，堅持入學，正表示她要躲的不是一般的書本，而是死板的教科書及生活——如無窮盡的誦經與掃落葉。全文另一特色是將石榴與「我」合而爲一，故寫石榴，卽暗示「我」，寫「我」，復雙關石榴。最後「我」躲在牆角要伺機逃走時，竟化成一株石榴，落實綜合人與石榴。且「無論春夏秋冬，烈日暴雨，我頂著，忍著」人樹雙寫，充分表現對命運無奈的妥協。

余光中「食花的怪客」[20]匠心獨運，經營更具機巧。男主角冒思莊，是「古典文學的權威，名教授，名批評家，歐洲文學大師的及門弟子」，一個「貌」思莊，也貌「似」莊的男人，他的生命中從不曾有過春天，連繫紅領結都有悔意。但是，那一個眞正有生命的人——甚至生物，不企盼春天呢，所以冒思莊會那麼嫉妒那任意擷取春草春花甚至春泥的穆中——「牧神」。文學來自生命的活水，但一位研究古典文學的權威，卻從來不曾探觸過生命的本質，作者旣嘲諷又同情學院派的學者們。且同情的比例要多些；因爲冒思莊心底還有夢，這表示生命還有生機，他不必再苦心孤詣地在學生面前護持那「奧林帕斯式的崇高」。故在下一個有陽光的日子，他「仍舊繫那個紅領結來上課」，即使他可能仍無法如年輕人般盡興地咀花嚼草，至少他已領略過春天的氣息和撫觸，經過「食花的怪客」內心事件，他已復元爲較眞實的人了。這種散文，是作者對某種生命型態的批評，或者建議。散文如此寫來，已侵略了小說的領域，其所包涵的內容取不盡用不竭。

哲理小品也是值得大力開採的礦源。「靜思偶一得」之類用以爲報章補白的短文應是不算數的。最理想的是哲學家的思想，文學家的筆力來操觚。可惜的是，時下的哲學家，爲闡明一己思想，唯恐理路不夠清晰，故解析務求詳盡，形諸文字，或理周而文繁，或理透而意顯。有些哲學家文彩華美，在談禪說道時，也能順便搖下一地落英，讓讀者去撿拾。但散文之爲美文，辭彩燦爛還是次要的，其主題的呈現在隱顯之間常是關鍵。故散文含蓄婉轉之風與哲學家講道說理的本意衝突，上乘的哲理散文便如鳳毛麟角。

散文的內容因不必硬是劃分爲哲理或是情感；反而，情理交融更見生趣。強烈的情感經過思考的過濾，情趣理趣相得益彰。有名的「麥帥爲子祈禱文」㉑是典型之作。寫親子骨肉之文，自離不了「愛」。但本文不曾濫用一個愛字。表面上，麥帥祈禱於上帝，使兒子成爲

⑲ 見明道文藝五十四期，一九八〇年九月。

⑳ 見「焚鶴人」，純文學出版社。

㉑ 見「古今藝文」六卷一期，原文及譯文。

一個「成人」——差近孔子所謂的成人——要堅強、勇敢、誠實、負責、心地純潔，有幽默感但又永遠保持嚴肅的態度。他並不祈望上帝使兒子與生俱有這些特徵。而是：「不要引導他走上安逸舒適的道路，而要讓他遭受困難與挑戰的磨鍊和策勵，讓他藉此學習在風暴之中挺立起來，讓他藉此學習對失敗的人們加以同情……請賜給他謙遜，使他可以永遠記住眞實偉大的樸實無華，眞實智慧的虛懷若谷，和眞實力量的溫和蘊藉。」基於天然之愛，幾乎每一對父母都怕兒女吃苦，但麥帥不然。因爲經過理性的認知，所以把兒子塑造成完人，是他一生的職志。所以最後他說：「然後，作爲他的父親的我，才敢低聲說道：『我已不虛此生！』」用一生盡力教育孩子，那愛有多深厚！

「麥」文再擴大看，不僅寫出一位父親對兒子的期許，也寫出一個偉人心目中成人的形象，那也是麥帥一己所服膺的做人原則。我們幾乎也可以從此文看到他自己是怎樣在這條路上努力著的。

山水遊記不但可以寫景抒情，也可以寄寓哲學思想。現代散文中，這方面的產量也極豐富。但是要產生一流的作品並不容易。在現代工商業高度繁忙的社會裏，培育出大量走馬看花的觀光客。從阿里山一日行到歐遊三月，都不可能在浮光掠影中領略民情風俗的特色，更遑論把握山水的本質，或逞現物我合一的超然境界。

山水遊記的創作，可以從純寫景下手，作者要有生花妙筆能狀難言之景如在目前。這些靈感與借鏡可求諸古人。例如「老殘遊記」中描摹大自然的氣象，多有神來之筆。傳誦不衰的第十三回黃河結冰一段，作者就曾自評道：

止水結冰是何情狀？流水結冰是何情狀？小河結冰是何情狀？大河結冰是何情狀？河南黃河結冰是何情狀？山東黃河結冰是何情狀？須知前一卷所寫是山東黃河結冰。

這段「夫子自道」給創作者莫大的提示：山水景物也各有不同的「物性」，如人之有個性。故不同的時間、不同的地方，雖則是相同的「水」所造成的物，其風貌情狀自然有別。

其次是，面對著千古奇景，作家能用多少感性去領略，復從怎樣的角度去描摹？余光中在「中國山水遊記的感性」㉒一文中說的極好：

黃山乃山中之奇，黃山之松乃松中之奇……錢謙益寫黃山之松，有遠景的綜覽，也有近景的特寫。特寫的兩株奇松固然感性突出，形象濃縮之中有張力；綜覽的各種怪松也都賦以生動的姿勢，不像李羨林只用「千姿百態」那樣欠缺想像的抽象成語敷衍過去。

可見純粹描摹景物並不容易；不但要有敏銳的觀察力，見出物性之特別，還要有強烈的感受力，將客觀之物，投射成主觀的意象。此外，高明的表達能力也不可或缺。記山水而有人，便成遊記。這時，多半在描摹山水奇景外，還關涉到山水對人物的影響，或情景交觸，或物我合一，或思想上有所啓迪，而達到山水之遊的最高哲學境界。這個

㉒見中國時報人間副刊，一九八二年十月三十一日。

目標是值得現代散文作者努力的。

現代散文的形式，務求美。必須在技巧上下功夫。一篇好散文，是絕對有技巧的，只是有些作者執筆時未嘗刻意求巧，其技巧如羚羊掛角，看似無跡可尋，其實脈絡俱在。反之，面對一篇失敗的散文，也可以在技巧上找到根源。例如段永瀾「我的父親」，剪裁相當用力，下筆相當用心。它最大的特色是善用逆轉來反襯父親的形象；如有一次，作者陪父親遊明孝陵，天藍雲白，女兒指著遠處如火的楓葉給父親看：

「看著他們穿什麼，住什麼！」父親打斷我的興致，指我看那樹下泥築的土屋，和半死的老牛。「大多數人就這麼活著的。這是我們這輩的過錯，也就是你們的責任了。」我望著秋郊美麗的夕陽，只怨有這樣無風趣的父親！

在女兒沉醉於藍天白雲紅楓的美景中時，父親兜頭一盆冷水，澆醒的不止是他的女兒。作者技巧地表現父親以國計民生爲懷的廉吏形象。

又如有一次在重慶的夜晚，燈火如繁星閃爍。作者帶一束薔薇去看仍在辦夜公的父親：

走進父親室內，沒有一張圖畫，沒有一隻花瓶。

以薔薇無處可插，可見父親之儉樸。在作者得到第一次薪津時，興沖沖爲父親買一些食物：

> 他嘗了一口說：「就在外國巧克力和高跟鞋裏，國家給賣掉了！」

這樣會澆冷水的父親，也就是作者用的逆轉手法，強烈的表現父親憂國憂民的本色；所以作者有資格寫道：

> 每當我聽別人批評中國官吏貪污腐敗的時候，我便想起了父親。

還是用逆轉手法，用兩種相反的人、事、物並呈，使其相形之下見出高低。作者也會用陪襯方法，例如：

> 有一個夜晚，風勁樹老，父親似有所感慨，回顧我說：「先天下之憂而憂，後天下之樂而樂。」

她給父親的「背景」：風勁樹老，正是父親的象徵。

但本文也有刻鏤過甚之處。例如有一次她傷了父親的心，文中寫道：

啊！我恨！為什麼我們常傷害我們最敬愛的人的心！

後文又寫道，父親去世已三年：

我與社會上已有點接觸，才漸漸認識出：真有人的膽識，有人的感情的，原來是自己的父親。

諸如此類露骨直陳的地方不一而足，較少含蓄之緻。

前文提及「曠野悲歌」一文，它在文字上有幾個較大的致命傷；一是濫用感歎詞；全文約五千字，用了四十一次「啊」（含呀）字，六次「哦」字。二是濫用呼告句；三是句尾濫用語助詞了呢嗎等等。

感歎詞在散文中如核子彈，在關鍵處投下一顆，會產生莫大的震撼力；如若投擲過多，應是文章的世界末日。語助詞太多，使文章拖沓無力，文氣難順。但此兩項缺點，現代散文常不能免㉓。試摘出「曠」文中三項兼具的一段：

啊啊，母親！歸來吧母親！兒就要回去，回去和妳廝守在一起，不再讓妳倚閭，永遠不要分離，可是，母親啊！為什麼妳等不及。啊啊！你無眼珠的天呀，你無情的大地，你無常的運命呀！給我無限的恨憾和無限的悽切……

痛失良母，確然令孤子呼天搶地，但這種形象並不很適合形諸文字。其次悲慟至怨天尤地，則非詩教所許。前邊談到琦君「髻」寫母德；父親娶了風華絕代的姨娘回來，守舊的母親不能不有怨，她的閨怨，卻能怨而不怒，哀而不傷。在父親過世後，母親還與姨娘相依爲命，以更大的寬容來接納情敵。這全然是母德使然。更可貴的是這種母德也因身教的自然濡染，使作者承襲母德，在母親過世後，也跟姨娘相依爲命。母德不但在她自己身上散發出無限的光輝，又讓女兒傳承薪火，文章感人的力量深切而長遠。「曠」文對天地「呼告」且罪及命運，無論作者情感如何氾濫；但行諸文字，終然有失敦厚之旨。

散文的技巧，首先應該談的是題目。它是最先映入讀者眼簾的部份。從題目可看出作者匠心有多高；題目並非文章的姓名，要一目瞭然。所以類似「我的父親」、「母親」這種題目都太板滯，毫無回甘。朱自淸「背影」、琦君「髻」、王鼎鈞「一方陽光」等從題目上猜不出內容，要等看完內容，才發覺二者間拈連的手法各有不同。

以「髻」與「背影」而言；前者做爲母親與姨娘間忌妒的因子之一，作者也用了不少篇幅描寫她們髮型的異同、梳髮的場面，做爲題目，也算不辱使命。但「背影」的涵蓋面更大；兒子原來不滿且嘲笑父親之迂，後見父親「背影」而逆轉，感情由嫌惡轉爲深刻，其轉折合理、快速且自然。做爲題目，它能直指全文關鍵處。在此文中，背影已成爲作者父愛的象

㉓ 中國現代散文大展第一冊有方娥眞的「驚喜的星光」，文長二千二百餘字，句尾的「啊嗎呢呵嘛麼呀了」出現達五十七次，令人驚訝於其感歎語助詞之多。

徵，同時也暗含子女體會並能面對父愛的情形，都具有普遍的意義；再其次，背影暗示人生微妙的眞理：當兒女面對父母時，都會漠視，甚至排斥他們的愛心，但在父母的背後，才能毫無阻礙地感受這種愛心，可見父子之愛恒存於天地之間，只是常被「表面」的因素所掩蓋，在沒有遮攔的「背後」，散發著永恒的光彩。「背影」一題，實具多重功用[24]。

跟題目息息相關的是散文取材的角度。比起短篇小說，散文要更仔細地擷取人生的「片面」。如何技巧地切片，是值得深思的事。「弟弟，我對不起你」便針對姐姐之粗心浮燥、弟弟之倔強堅忍，性格上背道而馳造成的誤解，造成姐姐一生永難彌補的遺憾，切片便很成功。

朱自清攝取「背影」是很好的角度，但也只有傻子才會模倣而再寫「新背影」[25]。文學作品的「切片」是絕不能複製的。今年師大寫作協會辦的校內創作比賽中，散文組決審時，三位先生都一致公推「潮濕的瞳仁」[26]第一。葉慶炳先生特別欣賞作者取材的角度。雖然，人的「瞳仁」最能傳情達意，瞳仁「潮濕」，已稍洩天機。從這個角度分別寫外婆、父親、母親等三人的瞳仁，其實是寫三個人的生命。葉先生當時也提及「手」也是很好的角度。兩週後，第四屆全國學生文學獎揭曉，其中大專散文組第二名題目卽爲「手」[27]，從「手」的角度寫父親、母親及姐姐。「手」的角度是較普遍被採用的，亮軒有篇「父親的手」[28]，全力寫父親一人；從「手」落筆，時時與「手」扣緊，最後以「手」收筆，文理周密。「手」只是個角度，透過它所呈現的仍是父親的性格風範與父子間的關係。

從取材角度言，「手」不如「瞳仁」，也就是說，角度要新，要見人所未見，取人所未取。

材料選好後，最大的問題，也幾乎是一篇散文成敗的關鍵，是作家如何安排這些材料，以怎樣的骨架把這些材料撐起來？王鼎鈞「碎琉璃」一書的「楔子」㉙便是相當成功的例子。

「楔子」有個子題「所謂我」，可見它除了本身的任務要做全書的「前言」外，還想介紹作者「我」。它的內容很奇特：「我」喜歡聽到人講述「我」童年時的故事，「我」要找尋「我」自己。有一天有個人敍說「我」小時的事：「我」小時喜歡種花，只喜歡一種特別嬌艷的玫瑰，這種花極難伺候，她含苞的那幾天，如果暴雨傾在她頭上，她決不開花，如果狂風粗暴的搖撼她，她決不開花；如果蜜蜂太多，她決不開花；如果一隻蜜蜂沒有，她也不開花。還有，你不能讓蟲子咬她，只要一片花瓣上出現破洞，所有的花瓣都放棄成長。這種花好不叫人操心，人人都說寧願多養一個孩子，也不種這樣的玫瑰。可是「我」喜歡種，「

㉔筆者深信題目的多重功用在文學作品中的價值。余光中「獨白」一詩（見「火浴的鳳凰」三一九頁引）題目即具多重效果：㈠作者內心的獨白；㈡作者一頭的白髮；㈢四週皆黑我獨白，衆人皆醉我獨醒；㈣雖受中傷，但作者仍堅持自己的行徑——獨白。

㉕見汪仲穀「新背影」，「中國語文」十卷一期。

㉖文見「師鐸」第十五期，一九八四年六月。

㉗第一名題目「髮」取角相同。以上俱見「明道文藝」九十八期，一九八四年五月。

㉘見聯合報副刊，一九八○年三月三十一日。

㉙見❻。

我」為她憂晴憂雨，搬一張櫈子整夜坐在她旁邊驅蟲……有一天，空襲警報響起來了，那是蘆溝橋事變發生後第二百零一天，敵機來時，全城人瘋狂往野外逃，只有「我」，坐在小凳上，憂愁的望著玫瑰。整個小城暫時死去，可是那玫瑰活著；它的花蕾迅速膨脹了一倍，飛機降低，一時天昏地動，好像世界末日，可是那花，卻在偵察機巨大的陰影掠過時一口氣怒放盛開。「我」欣喜異常，竟不知警報解除，歸來的母親見「我」失魂落魄，請來牧師為「我」祈禱，「我」向牧師訴說那花怎樣在半分鐘內做完兩星期要做的事。但牧師以為「我」在說謊。敍述者問「我」到底有沒有說謊？「我」非常失望的說：「你說的這件事，跟「我」毫無關係。你根本不知道「我」是誰。你在說另外一個人。」

從「所謂我」的角度來看，作者介紹自己小時一段故事，恰好是別人眼中的「我」，但這「我」被最神聖無欺的牧師認為說謊，不真誠。作者的失望不是因牧師的誠意不夠，而是了解的能力不足。再從楔子關照全書主旨的作用看，作者明言「我要找尋我自己」，透露他在「碎琉璃」書中欲找尋自我。但找尋而復表達出來後，只怕落在讀者眼中變成「另外一個人」，這也是千古作家所共悲悼的：嘆無知音賞。

楔子的功用之二在交代寫作的緣起。顯然作者敍述種花一事是譬喻，種玫瑰必然象徵寫作。他喜歡種一種「特別嬌艷」——言其美，「極難伺候」——言其難的「玫瑰」。故其含苞時諸般條件都要恰到好處。作者也有求全之心，不能允許一點瑕疵——只要一片花瓣上出現破洞，所有的花瓣都放棄成長。作者「整夜」護花，正是指寫作的時間。

蘆溝橋事變，中日戰爭，使花朵爆開。顯然作者寫作與抗戰有關。在他憂晴憂雨，整夜守著蒔花時，玫瑰沒有動靜，但在日機瘋狂的大轟炸最高潮時，那花一口氣怒放盛開。雖然作者少有寫作志趣，但眞正激發他寫作靈感的必是中日戰爭，且就在蘆溝橋事變之後的瘋狂戰火，那必然震撼中國人的心靈，故爾，靈感一到，左右逢源，那花，在半分鐘內，做完兩星期要做的事。

楔子中非寫實的敍述，正暗示該文採取寓言的形式，這是作者安排材料時所做的重大選擇。使楔子成爲最別開生面的序，可以更含蓄的交代自己寫作的緣起，目的與抱負。以花爲象徵，不也正意味著全書像一朵在憂患環境下怒放盛開的玫瑰嗎？

現代散文在技巧的錘鍊上，還有許多可努力的地方，例如文字的密度、結構的緊湊、章法的變化、意象的美化、韻律的講究、感性的加強、氣氛的充足……等等，本文不及討論這些細節。但是，盲目追求某種技巧是不智的，樹立一己風格，才是終身追求的目標。

創作需要儲備養料，磨鍊能力，行萬里路的歷練可遇不可求。故創作散文最直接的養料莫若讀書。古今並包，中外兼蓄固然能成就一位大家㉚，但對一位初學者，在浩瀚書海中來去自如眞是談何容易！故現代散文大家的作品成爲最直接的養料。但五四迄今時間不夠長，登峯造極之作不夠多，其爲寶庫仍然不夠博大精深。故筆者特別推崇古典散文這座採之不盡

㉚ 楊牧推崇周作人便認爲他：「繼承古典傳統的精華，吸收外國文化的神髓，兼容並包，體驗現實，以文言的雅約以及外語的新奇，和白話語體相結合，創製生動有效的新字彙和新語法……」見「周作人論」（「文學的源流」，洪範出版社）。

用之不竭的寶山。

許多人喜歡從晚明小品下手，大致上是因爲它們不論在形式或內容上都更接近現代散文，楊牧在「散文的創作與欣賞」演講中說：

到了明朝，有些聰明過人的文士學者不免覺得應該要另外闢條新路，所以他們就創造了一些新形式來表達他們的新的感性，而這種對一朵花，一棵樹，一座高山，通過散文來表達感情的寫作方式，是真正的古文家不太願意做的。同時，他們可以透過這種小品散文的形式，來發掘新的體裁，實驗新的字彙，更提倡一種新的語調……替中國散文構成一種更純粹的面貌，變成真正獨立的文學藝術㉛。

晚明以迄於清代的小品文，形式短小，題材內容無所不包，所以它不僅僅能言志，表現作者的精神面貌，還能把觸角伸向生活的細節。至於其風格，或清新或孤峭，或諧謔或沉鬱，無不體現出人生的從容閒雅，在文風上表現情、趣、韻的優美。在文字上，大多簡潔峭拔，白描能力特高，口語與文言巧妙的融合，若此種種，都可直接供應現代散文創作之用。但是晚明小品有它的侷限，余光中說的好：

晚明小品擺脫古文的道貌和陳言，固然清新娛人，但如過重性靈，刻意求真，久之也會流於輕倩俏皮，就像畫中的冊頁扇面，無論怎麼靈巧，總不能取代氣吞山河的立軸橫披㉜。

是故，晚明小品可做爲現代小品文創作的養料，但作家的散文不能僅止於小品而已。明清以前的散文，經史子集，資源豐富。它能洗滌我們的心靈、開拓我們的胸襟，不僅使人，且使文章的氣象大開；例如秦漢古文。在創作技巧上，古文尤其極盡變化之能事，例如唐宋古文之刻意於章法。學者的基礎訓練是很重要的，在相當程度的奠定之後，我們相信不但讀書無往而不順利，創作也無往而不自得。

㉛見聯合報副刊一九八三年二月二十日。後收入「文學的源流」中。

㉜見余氏「杖底煙霞」一文，中華日報副刊，一九八二年十一月三——五日。

二輯　個　論

陸蠡論

陸蠡，原名陸聖泉，浙江省天台縣人，生於一九〇八年，上海勞動大學機械系畢業。一九四一年十二月，太平洋戰爭爆發，他任職「文化生活出版社」，次年四月九日，日軍派人抄查該社，當時他適值外出，回來後，主動到巡捕房交涉，便被引渡到日本憲兵手中，施以毒刑，至五月十三日晚吐血而死，年方三十五歲。

從陸蠡的朋友紀念他的文字中，我們知道陸氏是個羞澀、謙卑、木訥、沒有口才、拙於交際的人。再加上貌不出衆、身體瘦小，他被一致形容成一個「渺小得似乎沒有聲響的老實人。」但他飽學多才，尤其有一顆高貴的心靈。遇到需要擔當的時刻，他會主動去負責；在抗戰期間，出版社的負責人陸續去了內地，他挑起所有大小的責任，揀書、打包、校稿及任何跑腿的雜差。他的死，尤其顯現書生愛國的本色，他本來可以躲避日軍的拘捕，但爲了爭回出版社的名譽及損失，他自投羅網，面對不可理喻的日本憲兵，他的口供是：愛中國、不贊成南京政府、日本絕對不能征服中國。日人恨他態度頑強，給上了刑，放回來時，同房難友再三告誡他要改變口氣，但他再次被審時仍然堅持故我，最後，他的難友被釋放時把他的大衣帶了出來，他永遠沒有出來。他使傲慢的日本人感到自己的渺小，非置他於死地不可。

介紹陸蠡壯烈成仁的事蹟，原不是爲推崇一位抗日英雄。乃是，當我們認識這樣偉大靈魂的同時，再閱讀他遺留下來的散文，才會驚詫的發現，他把生命中最博大的愛，多麼含蓄內斂地、無痕無跡地化入字裏行間，印證了文格正是作者人格的映現。陸蠡在現代散文上的成就，如同他在抗戰中的犧牲一般，在歷史上將永遠受到尊敬。但這些，都不是他生存之時所刻意想望過的。

陸氏留下三册散文集：「海星」、「竹刀」（後改名「山溪集」）、「囚綠記」。目前合編爲一册，約有十三萬字，產量實在不多，但品質卻非常高。「海星」寫作時間自一九三三迄三六年春天，短者僅一百多字，最長也不過兩千餘字。多是寓言小品，有高度的弦外之音。「海星」分四輯，前三輯溫厚而婉轉，對於現實人生的悲苦，能夠給予一種高貴的昇華，但至第四輯則對人生的失望漸增，作品已具諷世的趨向，犀利而深刻。「竹刀」分上下集，寫於一九三六年六月迄三七年四月，脫離了「海星」集中較強烈的幻想色彩，把筆觸伸向大鄉土裏的人事，作品已能與時代緊密的相合。「囚綠記」分三輯，寫於一九三八迄四○年，風格轉入平易，敍事明白曉暢，內外在音樂性都十分圓潤輕巧，仍然喜於使用精緻的寓言手法。陸氏三集散文的風格雖然不同，所表現的層次也各異；但是，他所有文章最統一的特色，乃是呈現出玲瓏精緻的完美形式、深邃的蘊藉的精神世界。讀者若不細心探索，往往無法掌握他散文的精妙之處。以下擬從散文的內容、類型及技巧來論述陸氏的散文。

（一）

陸氏天性醇厚，心靈如璞玉，但卻有著人性極矛盾的性格，是個知性與感性交雜的人。在「囚綠記」序中有一段自我告白：他羨慕兩種人，一種是純感性的、浪漫的人，一種是理性的、科學家式的人，他苦於自己兩者都不接近，而是「感情的奴役，也是理智的僕隸」、「我沒有達到感情和理智的諧和，卻身受二者的衝突；我沒有得到感情和理智的匡扶，而受著牠們的軋轢……這矛盾和轇轕，把我苦了。」這種情形在散文中最清晰的呈現是「獨居者」，以第一人稱配角爲觀點寫成的小品，那位獨居者在「極快活的表面底下潛藏著一個痛苦的靈魂」，而那快樂的外表卻是苦苦地製造出來的「一個希望，一個理想，來扶掖自己」，正如結尾所說——「這種努力，總給我以一種不可言說的悲哀。」這篇小品以第一人稱配角來敍述一位獨居者，其實獨居者所指涉的正是作者自己。

文人另一種常有的矛盾是入世與避世的衝突。「門與叩者」有精闢的闡發；門是人類自製的圍牆，它的最大矛盾是：「門是爲了開的意義而設的，而它，往往是關的時候居多」、「人愛把自己關在門裏，門保證了孤獨和安全，門姑息了神秘和寂寞，門遮攔住照露現實的陽光，門掩蔽起在黑暗中化生的幻想」。但人又絕不願意永遠躲在門內，巴望有人來叩訪。一旦有人來了，有時是他不願意接觸的人，有時雖是他願意的，但僅短暫的寒喧就走了，於是門又被輕輕掩上，他再度回到自閉的世界裏。當最後一位叩門者「她」來了，那才是他所期待的，因爲「她」帶他跨出了這門，他永遠也沒有回來。「她」是死神，作者並未落實說出，結尾給人無比悲涼之感。大部分的人都是邊緣人，總在希望與失望的邊緣掙扎，「門與叩者」就是作者的辯證。

在「苦吟」一文中，作者敍想一個古夢，夢中有一巨人「頭是金的，胸和腹是銅和錫的，腿是泥的。」他以爲這是看管樂園的金甲神：「我私心向這幸福的門和掌鑰者禱祝，希望他爲我開啓這雲霓的門」，守候良久，「不見門開，驀地頭上一聲鷙鳥的怪叫怔住了我，一堆鳥糞落在光輝的金頂上……」，這仍然是屬於「門」的一篇寓言。人類總盼望有神能爲他們打開希望之門、快樂之門，但那管鑰之神自身也難保，他的頭是金的，代表思想，心靈是高貴的，但象徵實踐理想的腿，卻是泥的，顯然意指現實使人生的理想無法走動、無法實踐。

陸氏這樣的思想，必然會落入宿命論中。「網」文裏，他以一位老漁夫的故事來說明人類無可逃避的命運歸宿；命運好比漁夫，不時不節在生命的海中下網。凡落入他網中的，不論賢愚老幼，便一齊被撈到另一個世界去。偶而仍會漏下一兩尾魚，但這一尾兩尾，終有一天還是會落入他的網裏。這位老漁夫便是一條漏網之魚，有一天「他的腮子會再次罣到命運的網眼裏去的」。金甲神與老漁夫的譬喻本身都帶有自嘲意味，在「蛛網和家」中，蜘蛛的生命泥陷於不可預知的命運中，但是人類比蜘蛛更危險，因爲「人們的憧憬，又往往是世外的風土人情」，其所擔的風險自然更大了。從陸氏文章中，分明可以看出他深刻的悲觀。他一再以「光」代表人生的希望，但追求的結果總是落空，在題名爲「光」的寓言中，他乘着氣球，向光與熱的方向飛升，但在尋找的過程裏，總是遇到「下墜」的情節，例如，他正上升時便想及一位自殺青年的事。在接近光的路程上，竟是「愈近熱而愈覺得寒冷」、「愈見光而愈見暗黑」，最後是「尋找光，乃得到黑暗了」。在「夏夜」一文中，沉睡的孩子「在他無邪的夢裏，也許看見背上長了芒刺罷。」人生的惡夢連天眞的孩子也不放過，這是多麼令人無奈的事。但是，別以爲陸氏是個悲觀厭世的人，他生命中最了不起的就是向上的道德精神，及無比強勁的生命力，那正是他英雄本質的底色。故而，在「黑夜」中他說：「黑夜，是大自然的大幃幕，籠罩了過去，籠罩了未來，只敎我們懷着無限的希望從心靈一點的光輝中開始進取。」在「光」中，正沉溺於失敗的底層時，他的耳畔傳來什麼人——其實是他自己——的輕語：「你尋找光，乃得到光了。回去察看你棕黑的皮膚和豐秀的毛髮。光已經落在你的身上，光已經療癒你的貧血症了。」「沒有反射的物質，從你辨別光的存在，你也昧於這淺顯的意義嗎？你將爲光作證，憑你的棕黑的皮膚和豐秀的毛髮作證，並且說凡愛光者都將得光。」結尾，他的悲哀渙然若消，回到美麗的大地——「我憑著我的棕黑的皮膚指證說我曾更密近地見過光，並且說凡愛光者都將得光。」本文充分呈露作者個人的思維方式、辯證歷程，以及可貴的結論；人類的理想當建立在人間的「大地」上，而不是幻想的虛空中，且追求理想的意義乃是努力的過程而不是斤斤於目的地——人類的終極理想在歷史上並未實現過，它很可能並不存在。陸氏不著一字解說，誠是上乘的理趣小品。

本著對「光」的希望與追求，使陸氏的胸襟開濶，加上他溫厚的本質，其宇宙觀便建立在人類的大愛上。在「竹刀」集後記中他自道所寫文章「不過是凡人之情而已」，這「凡人」實不囿於他個人的一己私情，而是普遍的人性、人情。在「夢」文中，「撒旦把人子引到高處，下面可以望見耶路撒冷全城。說：跳下去罷。」他沒有跳，撒旦轉而去扣別人的窗戶，結尾說「會有人聽說『跳下去罷』便跳下去的罷」，他分明知道人性是易於墮落的，但他堅持相信以愛來包容一切。在散文中他對愛的詮釋，有手足愛、夫妻愛，甚至泛及草木蟲魚，而無不歸結於人類的大愛。這樣充實而有光輝的心靈的孕育出來的散文，自然格局恢宏，氣象軒濶。

例如「榕樹」，表面看似手足之情，其實它的含義更深遠。孩子想找「美麗的花園」，那裏「獅子和馴鹿是在一起遊戲」。陸氏最善於以正面映襯反面，獅鹿絕不可能同遊，這表示人間永遠有戰爭，有強凌弱、衆暴寡的現象，造成戰爭的根本原因在於互相無法溝通。所以，孩子想找「人們彼此都說著共通的語言」的地方，也正意味人類缺乏溝通的管道與誠意，因爲他們並不想統一語言。孩子因找不著人間花園而臥病，最後只有他的哥哥跑來安慰他：「我將了解你的語言，人們也將了解我們的語言」，手足之間能無罅隙，不是因爲完全的溝通——陸氏並不認爲人類可以締造共同的語言——而是基於天倫情愛。這種友愛若能擴大推展，人與人間方能消弭隔閡、猜忌，甚至仇恨，本篇寫出陸氏對人類無比的失望與深切的期望。

在親子手足天然之情外，人類想達到「獅鹿同遊」這種「異質組合」的最大可能，便是夫妻構築的婚姻。沒有血緣關係的一對男女，組織一個共同的生存空間，絕對需要「共同的語言」。「廟宿」、「嫁衣」都是反面寫從家庭失落的女子之悲哀。「窗簾」、「元宵」、

「紅豆」三篇都是正面的絕妙好文，對於夫妻之間眞摯而醇美的情愫掌握得入木三分自不待言。實際上，這三篇文章所呈現的絕不只是小倆口浮生六記式的閨房記趣。反而，作者讓我們看到夫妻間顯然而無法彌補的距離，但竟無害於他們愛情之篤厚。久別乍逢的妻子面對丈夫，分外陌生靦腆，但因爲互相間有愛，所以很快便打破僵局而水乳交融。妻子雖苦離別，卻仍然鼓勵丈夫到外地去打天下。他們之間，未必都能「彼此都說著共通的語言」，「紅豆」中夫妻倆的文化素養，價值觀都有明顯的差距，他們的融洽完全建立在無間的包容上。

「春野」寫失戀，一對情侶在春野散步，隨著時間的延伸：孟春、仲春、暮春，兩人也由牽手、握手、靠坐，乃至說些相愛的話逐步進展。過了一年、兩年、十年，兩人分散了，只有男主角「我」一人再踏上那熟識的春野。他仍保持著原始的純樸與頓滯，仍然寶愛那一份戀情。失戀的情緒必然惆悵無比，但陸蠡不會用這麼傳統的方式結束全文。他在文尾說：「我會憂鬱麼？不，既然你是幸福。」就章法言，這神來之筆使文章在結束前翻出一個嶄新的高潮；只要對方幸福，他絕不在意自己的愛情落了空，把愛人的情操寫得這麼高貴華美，令人讚歎不置。本篇的哲學基礎仍然建立在人類的大愛上，基於愛，即使面對背叛自己的人物，不僅能無怨無尤，且能更進一步祝福對方。有這份大愛，陸氏才能建立他的人道思想。

對女性的維護與尊重，是陸氏人道思想的一大環結。「水碓」、「廟宿」、「嫁衣」、「燈」分別寫了四位女性的際遇。前三篇分別敍述三位賢淑卻命運絕慘的女子，在娓娓細訴之中，可看出作者的不平之鳴。「燈」則是正面肯定女性地位的文章，那位擎燈的少婦便是家庭裏精神上的燈。她手上古老的青油燈，正是她的象徵；光芒不耀眼，地位不顯著，等天完全黑暗下來，才爲一家照明。在有客人的時候，她會多添一根燈蕊，爲了「點得亮點，給伯伯點煙」。在鄉下這樣的燈臺、燭臺，常常底下鐫著「雍正七年監製」——那該是名貴的、放在故宮的國寶——兩百年來「仍是完好的被用著，被隨便地放在隨便的角落，永久不會遺失。」那燈陪祖母嫁到夫家，又被祖母的女兒陪嫁到另一姓，復被女兒的女兒帶走……燈顯然象徵傳統的中國女性，以它「雍正七年」的鐫字，證明它在家庭傳統中寶貴的地位，但這地位是被社會長久的忽略了。所以才會有「水碓」、「廟宿」那樣不人道的事情發生。在二〇年代，陸氏就有這麼可貴的女性主義思想，並不止於他特別重視女性，乃是他注意人類生存世界的每個角落。

「私塾師」便是人世間小角落裏一個不起眼的小角色，他使作者的童年充滿痛苦的回憶。到了新式小學裏，他誤人子弟更甚，連他自己都有這種自覺了。作者淸楚的知道這是無可奈何的悲劇：「他沒有資格教孩子，但他有生存的權利。」也爲被誤的子弟們寬宥了這位私塾師的遺毒。

當我們面對老實的弱者「啞子」時，不難從字裏行間感受作者的愛憐。陸氏民胞物與的精神，確然也發揮在動物身上，對於「蟋蟀」的情感不用說——每個人都會有特別偏愛的小動物——但對於身爲人類之大害的白蟻，在被處死時，作者竟以爲「吃木頭的罪惡也有可原諒之處了」，其寬厚實已到「無可救藥」的地步。

陸氏的人生哲學並非完全構築在浪漫的理想主義上，尤其後期作品，愈顯現濃厚的悲觀色彩，也自幻夢中脫出，而逼近了血淋淋的現實。對於人際間互動關係的調整，仍然一貫奠基於儒家親親仁民愛物的思想上。至於個體本身最理想的安置，陸氏則以為是得到生的歡喜。有營養有自由，得以自然生長、發展，便是生命的幸福。「囚綠記」正詮釋這種想法。「我」喜歡綠，因為綠色「它是生命，它是希望，它是慰安，它是快樂。」為了擁有綠，他特地把兩條長春藤「囚」進自己的書房，「教它伸長到我的書桌上，讓綠色和我更接近，更親密。我拿綠色來裝飾我這簡陋的房間，裝飾我過於抑鬱的心情。我要借綠色來比喻葱蘢的愛和幸福……」但是，這枝被囚禁的長春藤逐漸失去它長春的本質，由綠轉黃，由粗變細，幾近萎頓。恰好蘆溝橋事件發生了，「我」為了逃難而要搬走，便開釋長春藤的幽囚。這篇寓言其實包含兩個事件，一是長春藤，它是沒有力量反抗的植物，當被人擺佈時，失去了自由與陽光，也失去了生之歡喜，生命便會枯萎。而文中的「我」呢，他囚禁長春藤的綠，佔為己有時，正在享受生之歡喜，因為他擷取綠色來做自己生命的養料。但是，蘆溝橋事件發生，日軍便打斷了他的幸福。實際上，「我」之於長春藤，正如日軍之於中國人。他們同樣侵犯對方的自由與陽光，也嚴重的傷害了對方的生機，這是宇宙之內最值得檢討的地方，基於人類的自私，萬物不能各得其所。這篇寓意深刻的散文，幾乎可以詮釋世間所有的悲劇。在不侵犯他人生之歡喜的情況下，才能構築自己的生之歡喜，世界大同，則庶幾乎！

「池影」的寫作年代大約在一九三八至三九年間。正是中日戰爭的時候，在全書中，我們第一次看見木訥的作者有著噴薄的憤怒：

> 我天天被憤怒所襲擊，天天新聞紙上消息的磨折：異族的侵凌，祖國蒙極大的恥辱，

正義在強權下屈服，理性被殘暴所替代……我天天受著無情的鞭撻，我變成暴躁、易怒，態度失檢，我暴露了我的弱點……

他原是想到池塘邊來消息鬱怒的，但直到文章結尾時仍不能心平氣和：「我不能長蟄在這裏，我必得回去。回去受新聞紙的磨折，讓他挑撥我，激怒我。」本文可以使我們了解，當面對國家民族的大創傷時，含蓄內斂的、蘊藉溫厚的陸蠡，將會失去他慣常的平衡。他生命的最後一搏，主動投向日本憲兵隊，原是帶著絕不返顧之心。在此，文格成爲人格的充分反映，面對陸氏偉大的靈魂，我們不禁肅然，而忘了要讚歎！

(二)

陸氏的意境小品約可分爲人物、詠物、情趣、理趣四類。其描寫手法大致有二；一種是用純淨的素描，冷靜而客觀地介紹故事，讀者仍能感受那潛藏在文字底下的博愛之心。另一種是用抽離現實的寓言手法，在表面的故事底層，蘊藏著豐富的弦外之音，前者讀時令人沉潛再三，後者閱畢，仍使人回味不已。

「啞子」、「嫁衣」、「網」、「私塾師」等是人物小品。陸氏描寫人物，兼具小說化與寓言化的傾向，往往在介紹人物的時候，不僅只做個相的呈露，也同時把那個時代的縮影、同類人物的典型，做完整的抽樣演示，因此它人物小品所涵蓋的面相當大。例如「啞子」，固然是一位質樸老實的啞巴，爲了基本生存而勞動的小人物，但是一位「天生不具名者」則也可以代表芸芸衆生，他的啞與絕少訴求，正是中國農民不善於言說及缺乏大志向的特色。此外，作者在描敍啞子時，很輕易的把大時代的背景勾勒出來，那正是二、三〇年代間，啞子參與助割工作，表示農產豐收。後來啞子失業了，則表示農業凋蔽。我們幾乎可以說，啞子代表中國的農民、甚至農地，他們都靠天生存，不善說話。文章結尾說「啞子現尙健在。假如到我家鄉去，我可以介紹你認識。」健在而失業的啞子，正是仍存在卻已凋蔽的農村吧！

「私塾師」記敍作者幼年的塾師，二十多年後相遇，他已是年近六十的老人，他一身代表「古老」的人物：有古雅的別號、面孔，穿舊式的藍布長衫、黑布馬褂，頭戴舊皮帽，腳著老布棉鞋，手執長煙管，十足「古風」的裝束成爲「輕薄的城裏人嘲笑的題材」，更重要的是他老銹的頭腦。但是作者沒有嘲笑他，雖然他最有資格笑他，因爲在二十多年前，這位老師用老式嚴苛的教育方式責打他、塡鴨他。使他在老師辭館後「立意不再理睬他，不再認他做先生，不想見他的面。眞的，當我從外埠的中學唸書回來，對於他的嚴刻還未能加以原諒。」但二十年後重逢，作者只看他溫藹、落魄的一面，並給他溫暖；堅持請假送他一程，向學生介紹他是自己的老師時，看見學生不屑的眼神。他還讓這位可憐的老塾師知道作者忘懷了許多人，只記得他，因而感到無比的慰藉，乃竟以爲自己在塾館能克盡職責。眼前，老塾師要跋涉一個山頭去謀一個小學教員的職位，他不得不丟開四書五經，拿起國語常識，但他所知的新常識，不見得比兒童多，他明知被孩子輕視，仍不得不忍受這些，因爲他沒有其他糊口的本事。他羨慕作者頭上一頂他買不起的帽子。在回程時，作者心中盤想著塾師背後的社會問題，因而走岔了路，聽到背後塾師叫喊著指正他。其實，老塾師已沒有能力指點迷津了，他從來也沒有過。面對這樣一位朽木般的人，作者竟用一片溫煦來對待，這正是陸氏人物小品最可貴的地方。他愛惜筆下的每一個人物，同情他們的困境，淸楚的知道人物悲劇造成的原因；「他沒有資格敎孩子，但他有生存的權利。」古老的大中國處在轉型期間，是誰該負起這靑黃不接的責任，作者提出一個沉重的控訴，給讀者細細反芻。陸氏的人物小品大率如此，表面上頗以情節取勝，「嫁衣」、「水碓」、「網」等等，已能吸引一般人，其骨子裏潛伏的激流則也能滿足深思的讀者。

不論對器物、動物或者景物，陸氏的詠物小品亦堪稱一絕。他的卽物風格，特別擅長從「物」的身上跳脫開來，上升爲哲理的層次。因此，有許多題名與內容都是「物」的小品，如「海星」、「鐘」、「橋」、「紅豆」、「榕樹」、「蟬」……，都超越了詠物的範疇，而進入抒情與哲理的殿堂。其他保留「物」性較多的，也常是物人雙寫，例如「燈」，描寫一盞古式靑油燈，仔細介紹它的淵源、構造及經久耐用的特性；後來我們發現這些特性都雙關了文中的主角，一位身兼媳婦、妻子、母親的小女人。她像一盞靑油燈默默地燃燒著自己。那燈光「是這樣地安定，這樣地白而帶靑，這樣地有精神」，她的勤苦耐勞，她的含蓄內斂，全然不同於城裏新興的「洋燈」——在伯伯們聊天時一再貶訾的洋貨。

「燈」的物人雙寫最成功處，是借物來肯定人的地位。當少婦把靑油燈放在竈間的中心點：

不論從那一方量來，前後也好，左右也好，上下也好，都是等距離。她從來沒有想到這所在是室內的正中心，只覺得放在這裏很好，便放在這裏了。她每次這樣放，月月如此，年年如此，毫不以為異。

青油燈放得那麼自然，恰好是全室的中心點，正指涉少婦在家庭中「圓心」的地位。她不是名義上的地位，而是精神上的。她播撒溫馨的種子，默默地溫暖著別人，使公婆老有所養；使丈夫壯有所用，讓他外出工作，無後顧之憂；使孩子有教養；使伯伯們有閒聊的空間。她與燈合而爲一，故燈的圓心地位也是她的。但是做爲物，燈仍只是居於物理上的中心；少婦之爲中心，乃是精神上、氣氛上的中心，歸結一句，是文學的中心，這種等距離是作者用慧心巧織出來的，也要讀者用慧心去丈量。當全文結束時，閒聊的伯伯們告辭後：「媳婦一手提了燈，一手牽了孩子。施施然向自己的臥室走去。」再次物人雙絹，回歸到中心點，極富悠然之致。詠物小品能做到這種地步，是令人嘆爲觀止的。

動物小品中，「昆蟲鳥獸」仍是陸氏一貫的風格，只有「蟬」是非常感性、軟性的小品，比較接近冰心以降的陰性散文。

從陸氏的景物小品，可以看出他高明的白描能力及掌握抽象景象的能力。例如「橋」全篇不到一百五十字，卻能呈現一片畫境，且能在橋的靜謐中雕鏤出聲音來，最末一句「是誰。托著頤在想呢。」點出人，再與題目「橋」輕輕絹合，就知道它透露了人與人之間的聯繫正在於橋的訊息。本篇不但有畫境復有意境。同樣，「夏夜」中，作者充分掌握夏天夜半的氣氛，有顏色有聲音，這是「實景」；它是冷寂的自然界的象徵。人類不過在冰窖中討生活，額際卻在冒汗；天眞無邪的孩子竟也做著惡夢，現實人生的殘酷便是本篇的「虛景」。至於抽象之景，如「光陰」、「秋」等篇，都能把畫境、心境、情境並時顯出，又飽含理性。諸如此類，無不玲瓏剔透、空靈飄逸。

陸氏的情趣小品，以夫妻之情爲主題的幾篇最爲雋永蘊藉。如「窗簾」、「元宵」、「紅豆」等。他筆下的夫妻之情都是從反面著手，「窗簾」、「元宵」處理舊式夫妻間微妙的關係，他們可能因媒妁之言結婚，婚後不久丈夫可能就到遠地去謀生，雖則已生兒育女，但離多聚少，所以久別乍逢，夫妻間，尤其妻子會有陌生感，這兩篇散文都從此遠下筆，由他們之間的距離反襯出無隔閡的愛。「窗簾」是具有象徵意義的題目，是針對夫妻的「隔」而立意。本篇開頭：「回家數天了，妻已不再作無謂的靦腆。在豆似的燈光下，我們是相熟了。」掌握舊式保守女性的心理眞是入木三分。他們躲在褪色的帳底，豆似的燈光下，摩挲了幾天，妻仍然說「拉上窗簾吧」，證明她的陌生感尚未褪盡。它同時也意味著她希望隔開外在的世界——那使她丈夫遠離的世界。當丈夫說「今後我們便永遠的相愛吧」時，「心裏便震顫起來」，又如庖丁解牛，承諾在無形中自我「解構」，立刻使他的內心世界現形。向妻子保證「永遠」要相愛，竟會使心情逆轉爲震顫，卽充分表示丈夫的愧疚感，他的震顫是基於他的保證在訴說的當時已潰散，因此卽令在「絲般的頭髮在腮邊擦過感到絨樣的溫柔」時，仍是「各人在避開各人的眼光」。如此輕描淡寫，就活生生捉住妻子的矛盾感，丈夫的愧疚感，這是何等銳利的文字。經過一陣對話後，丈夫沉緬於溫柔鄉中，終於說「今後，我不去了。」但妻子反而安慰他「去吧，做事，在年青的時候。」妻子之勇於割捨，不是無情而是有情。全篇在情感最綢繆時結束，最後一句是「窗簾並未拉上。」在形式上關合開頭，使結構完密，在意義上則暗示外在世界並未被隔開，丈夫的遠颺別離就逼在眼前，但這些並無害於夫妻倆溫馨的愛情。

「紅豆」敍述新婚的丈夫接到朋友寄來的一顆紅豆及祝福的信。他非常高興，拿給新娘看，並告訴她紅豆的意義。她相信他的話，但眼中不相信這顆小豆子爲何有這許多涵義，仔細觀察後，她說：「這不像蠶豆，也不像扁豆，倒有幾分像枇杷核子。」丈夫再向她解釋這是愛及幸福的象徵，她更不懂了，只乾澀的問：「這吃得麼？」丈夫隨口答：「既然是豆，當然吃得。」晚上丈夫親自下厨用那顆紅豆製成羹湯，親自給新娘喝，「她飲了一匙，皺皺眉頭不說話。」丈夫拿過來嚐了一口，才知味辛而澀，哈哈笑倒床上。

「紅豆」只有一千五百字，但含義飽滿。當丈夫觀賞那粒紅豆時：

> 全部都有可喜的紅色，長成很勻整細巧的心臟形，尖端微微偏左，不太尖，也不太圓。另一端有一條白的小眼睛。這是豆的胚珠在長大時連繫在豆莢上的所在。因為有了這標識，這豆才有異於紅的寶石或紅的瑪瑙，而成為蘊藏著生命的酵素的有機體了。

作者把紅豆做爲愛情的象徵，它有全部可喜的「紅色」，如「心臟」形，它的尖端偏左及「白的小眼睛」，從裝飾的角度看，顯然有缺憾，不如瑪瑙名貴，但也正因此，它才能成爲蘊藏著生命的酵素的有機體。愛情生長在凡夫俗子身上，自有它高貴而可喜之處，它不同於徒有閃鑠外表而毫無生氣的寶石，不僅有生命，且是有機體，不同的男女將產生不同的情愫。紅豆身上看似有缺憾，其實那正是血肉眞實的人生哪！可知「紅豆」欲指陳的是夫妻間的扞格，人生必然的缺陷，然而陸氏卻能從另一個角度來審視，唯其夫妻之異質組合，才能發生各種不同的機率，產生不同的成效，這便是它可貴的有機體。然而，不論如何搭配，「包容」是夫妻齟齬的銷鎔劑，它源於愛。「紅豆」裏的新郎，浪漫而唯美，喜愛那象徵性飽滿的紅豆。新娘則不然，她見到一粒小豆子，只聯想蠶豆、扁豆等有實用價值的東西，她只關心紅豆是否可以吃，面對這樣一位務實的小女人，丈夫臨時教育她紅豆在精神上的意義，她仍不解，丈夫便發揮他最大的包容，把紅豆煮成湯，這種焚琴煮鶴的行動在丈夫而言是可貴的犧牲，高度的包容。妻子呢，她喝了一口難以吞嚥的紅豆湯，只皺皺眉不說話，從她的立場，她也在包容這位拙夫呢。文章結尾戛然而止，留給讀者開濶的想像空間。本文有情趣有悟境又有理想，達到情趣小品的飽和狀態。

陸氏的理趣小品有兩種截然不同的風格，一種是哲理小品，一種是諷刺小品。前者如「海星」集中前三輯大部分作品及因緣記中「因緣記」、「門與叩者」等。「海星」集中作品篇幅都較簡短，卻含蘊著慧心的思索、哲理的考察、想像的深邃。

「海星」一文僅三百字，描寫一個孩子捧著貝殼，一心要摘取滿貝的星星，給他親愛的哥哥及母親。他看見星星在對面的小丘上，便興奮的跑到小丘頂，原來星星不在這兒，他又跑到另一山頂，星星又好像近在海邊。摘不著星星，孩子捧著空貝殼，眼淚點點滴入海中。第二天，人們發現了手中捧著貝殼的孩子冰冷的身體。這裏用天眞的孩子來象徵純潔善良的、涉世不深的人，心中有高遠明亮的理想——如小丘上的星星，他的理想並不自私，乃是爲了親人，但理想是那麼弔詭，永遠吸引著熱情的人疲於奔命，追者終於如逐日的夸父，渴倒路旁。由孩子「冰冷的身體」可知現實之冷酷無情，但至死仍捧著貝殼，可見熱情執著永不放棄。這篇寓言至此已可完結，但陸氏回馬一槍，再加上一句：「第二夜，人們看見海中無數的星星。」孩子換了「人們」，把前邊屬於孩子的、個人的悲劇，擴大至人類永恆的，前仆後繼的悲劇，具有時空的延伸性，使這篇寓言極雋永，更深刻。其哲理小品大抵若是。

較令人不可思議的是陸氏的諷刺小品。一位本質醇厚而木訥的人，竟能以絕對客觀冷靜的態度來驅遣活潑跳脫的文字。其諷刺小品集中在「海星」第四、五輯，「囚綠記」中的「昆蟲鳥獸」裏的「鶴」等。大部分是動物寓言，具有童話色彩，內容較通俗，寓意也較淺，但描寫能力仍然高明，且與作者後期女性主義作品有關聯。

集內幾篇動物寓言，在輕鬆、幽默的氣氛之中，隱藏著無比犀利的文字，刀刀切中要害。「麻雀」是篇政治寓言，諷刺當時某些爲大衆利益而「奮鬥」的中產階級們，虛僞且不自量力，文尾引用法國詩人的詩，順手也諷嘲一下詩人。「母鼠」則諷刺坐享其成的權貴，結尾說：「懷著這極有把握的驕矜，母鼠誠然有時未免忘形。但是誰也不能妒羨，因爲這世上自有命運註定。況乎生存取巧的機智，原非一日養成。」從這裏，我們可以看出陸氏的文字可以辛辣，甚至也可以刻薄，只是他總保持在一定的穩度上。以上兩篇諷刺特定對象，語較噴薄。諷刺手法更高的是「八哥」及「鶴」，針對一般人性而發。「八哥」是隻學人語的鳥，一口含糊的語言，經過它的主人翻譯之後，聽者無不齊聲讚美，只有「我」心中想：「這是什麼話！這可憐的斷了舌頭的含糊的官腔，不像八哥，又不像人！」它諷刺的鋒刃是如此尖銳。本篇一網打盡各色人等：學舌的人成了四不像；自作聰明者，曲解人意；蠢笨的人，把異類當成人看；專門充當跑腿的傳聲筒，總不能把話傳清楚……他諷刺了說話的人，及聽話的人，幾乎是所有的人，因爲人是永遠生存在對話和意義中的生物。

「鶴」是典型的敍事小品，但從題目到內容，都明顯有諷刺之意。全文以第一人稱主角爲觀點敍述，他撿到一隻受傷的鶴，因爲仰慕清高風雅的文士作風，於是辛苦的飼養這隻動物。有一天舅父見了，指出牠不過是一隻長腳鷺鷥時，他的虛榮心受到欺騙，便立意驅逐這位已安於豢養的動物，牠最後被獵人輕而易舉地一槍射死，因爲牠已習於親近人，全然不解人類爲什麼先給牠一尾魚而後給牠一顆子彈。牠死於比人類更天眞善良的信任，牠的悲劇是「以鶴的身份被豢養，以鷺的身份被驅逐」。

在「水碓」、「溪」等敍事及抒情描景文中，已摻有諷刺性的文字，尤其後者，又具有高度的詼諧。例如他順筆寫溪的發源及命名由來：「這溪流發源於鷓鴣山，用這多啼的鳥命山，是落入宋人風格的，則此山的命名肇於宋代可知。那也該在南遷之後。則我的祖先耕牧於這山林之間，已八百年於玆了。」「潭中有很大的魚……是極活潑的魚，我們叫做『將軍』，在水中是無敵的，一出水立刻便死了，這頗合於英雄的本色。」前例在一派正經文氣的背後，竟是完全出於臆想的推測，其玩世之意顯而易見，但文字都極溫順，堪稱內斂的幽默。後例諷刺社會上冒英雄之名的「將軍」，文字已帶骨刺，爲外放的諷刺。

（三）

陸氏散文的形式與技巧也多有可道者，首先值得注意的是文字。他有一雙神奇無比的魔手，任何平淡通俗的字眼到了他筆下，便豐腴飽滿起來。他的文字、乾淨、精省、透明、雍容而華美。能用最少的文字，表達最豐富的意義；能用最平常的語言，呈現最精美的意象。他時常利用一連串的頓句來表達一種篤定的看法，例如「溪」文：「……山黛雖則是那麼渾厚、淳樸、笨拙，呆然若愚的有仁者之風，而水則是更溫柔，更明潔，更活潑，更有韻致，更嫵媚可親，是智者所喜的。」山與水兩句是變化的排偶句型，但前者的頓句少，且每頓僅有兩個字，後者的頓句及字數多而又富變化，即令不看文字內在的涵義，已能夠從它的形式感受出其訊息。他長短句的搭配也精巧無比，例如「夏夜」中云：「半透明的白雲滲下乳色的光，像死人足前微弱的燈光映在白色的喪幕上，冷寂，死靜。」前兩長句撒下孤獨、沉悶的氣氛，後兩短句促收，正可配合其內容所暗示的：人走在沒有希望的世界裏，具有象徵性，也有普遍性。陸氏的文句常常指涉多重意義，例如「廟宿」中：「那床額雕著塡青的『松鼠偷葡萄』，嘴裏老是啣著一個顆粒卻又永久吞不到肚子裏去。」表面是描摹家鄉的床，實則此句的可貴還在它把「松鼠偷葡萄」生動化，能呈現時空的僵滯感，同時它又暗示了作者本身的背景。

譬喻是最平常的修辭方法之一，也唯其平常，要使用得精巧美妙則非常不容易。陸氏的譬喻總是在出人意表之中又實在合情合理，例如：「回憶的蟬翼是太薄且輕了」（「失物」）、「湖沼是有的，那是如婦人在曉粧時被懶欠呵曇了的鏡，或如淨下一臉脂粉的盆中的水。」（「溪」）、「她的青春在出嫁時便被摺入一對對的板箱，隨著悠長的日子而霉爛了」（「嫁衣」）、「迅疾如鷹的羽翮，夢的翼撲在我的身上」（「夢」），諸如此類，譬喻都能新穎，不蹈前人故習。抽象的意念具象化後，有形、有貌，甚至可以摺疊。當然，化抽象爲具象並非陸氏的發明，他的可貴處乃在喻依，喻體之間巧妙的貼合與辯證關係。例如「夢」已被喻爲邪惡的力量，再把它喻爲鷹的羽翼，其攻擊、傷害人的力量不但有速度，且極具強度。

「留白」更是陸氏處理文字的高妙手法之一。他知道不能把文字塡滿，留下最恰當的地方，給予讀者塡補想像的空間。例如「元宵」中久別後聚首的一對夫妻，在元宵夜帶著孩子上街，文中沒有燈景，只敍述夫妻間簡短家常的對話，其中已透露他倆相處的背景：丈夫離家多年，對元宵已生疏了，他不知道半夜妻子打開大門的緣故，原是爲了迎舞獅。在這背景之下，他們的閒聊便具有意義，因爲妻子所想說的話，每在剛剛吐出兩個字時，便被丈夫截斷。這裏作者留下了空白。讀者可以補充丈夫那看不見的愧疚感，這是很高明點到爲止的心理描寫。又如「麥場」敍寫一家老小忙著揀麥豆，孩子弄髒了手臉，全文結尾：「我豈不是也歡喜整潔的衣服和潔白的手臉。但是只好任你這樣，因爲媽媽沒有功夫而我不屑。」本文對做父親的「我」敍寫極少，只在最後三個字點逗，但說的不夠落實，讀者卻可以從這麼小的訊息中看出他教育子女的態度，以及他知識份子的身份。

前敍「紅豆」的結尾也有精彩的留白。丈夫嚐了一口怪羹後：「我想起一句古老的話，呵呵大笑地倒在床上。」便戛然而止。丈夫的大笑自然是頓悟，頓悟了什麼呢，在文章中已透露了部分訊息，所以不再點出。他想起的一句古話，也不說出來。那句話必然是點醒「頓悟」的俗語，不說出來，讀者自可以從多方面來聯想補充。因此留下無比開濶的想像空間。大抵而言，陸氏散文的結尾總是最有韵致的地方，常常藉之把全文的意義烘托出來，結構也因它而完整，主題則因它而更加強或更擴大。這種功效實基於「留白」技法的巧爲運用。

陸氏散文的結構，大體而言，「海星」中諸篇都是單體結構，「山溪集」已出現多元複合結構的小品。其中「竹刀」一篇最爲特別。「溪」已是「竹刀」結構的芻型，至後者則發揮盡致。「竹刀」以閒情逸致的跑野馬方式來組織文字，從萬頃平疇到鷄頭小丘，再跑到摩天高嶺，乃至山中傳聞，最後才落到「竹刀」的主題上。其基本結構線是一再岔開、延伸而發展。實際上，在「竹刀」之前的野馬正是孕育主題的大背景。這種結構在散文中殊爲少見。

陸氏的散文還有許多值得稱道的技法，例如「貝舟」用反模擬手法，故通篇空靈無比，結尾才跳回現實，寫幻想者莫勝於此。又如他善於用逆推法寫景，「竹刀」中有：「摩天的高嶺終年住宿著白雲，深谷中連飛鳥都會驚墜！那是因爲在清潭裏照見了牠自己的影。嶙峋的怪石像巨靈起臥。野桃自生。不然則出水來的澗水何來這落英的一片？」上文兩度逆推，非常有韵味。例如先說「野桃自生」，讀者心中正升起夾岸桃柳的意象，接下一句竟是落英隨水流的實象，可見「野桃自生」完全是作者由落英逆推出來的「想當然耳」。

陸氏散文有重複及強調若干主題的傾向，「廟宿」、「嫁衣」、「燈」之重複；「光」

與「松明」之重複，「元宵」與「窗簾」之重複等，其中寫女性諸篇的技法也略有重複。但大體而言，每篇都各自獨立成爲相當完美的小品，主題的重複實際上可看出他對某些問題的特別重視。其次，他散文的局面不夠恢宏，這實基於他個人的生命型態乃是婉約內斂，而非外放雄豪。在抗戰時期，陸氏一貫維持他優美的玄思，他所重視的問題，往往不是個人的，而是人類的共相，尤其寓言小品，更不受限於地域性、時間性，而具有永恆存在的價值。他雍容華貴，秀麗高雅的風格，在那個時代是絕無僅有的，它也許不是那個時代最需要的，但卻是文壇上永遠需要的。在三十年代崛起的散文羣雄中，他即使不是主流作家，也必然是位不可置換的重要作家。在中國現代散文史中，他佔有寶貴的地位。

琦君論

（一）

一九一七年出生的琦君，自從一九五四年第一本散文小說合集「琴心」誕生以來，至今已出版了十三本散文集，她的散文長期受到讀者的喜愛，必然有她的優點。不雕琢、不粉飾，文筆如行雲流水，舒放自然；便是琦君文字的特色。羅家倫先生在「菁姐」序中說：「文字清麗雅潔，委婉多姿。寫風景有詩意，寫動作頗細膩，寫人物頗富於溫柔敦厚的人情味」，實已道出她文字的優點。

在琦君的散文中，寫得最出色的是懷舊文，其次是生活感想。至於雜談及遊記，都在前兩者相形之下較乏特色。懷舊文都是回憶作者早年的生活，不論寫人、寫物、寫事，都把讀者牽引到文中的時代，與她共享快樂的回憶。在處理「過去」與「現在」這兩種截然不同的題材時，琦君常常不會讓二者斷然劃開。她總是讓「現在」的身邊瑣事，牽引我們回到「過去」的古典鄉愁中。或由「過去」的鄉村風光，帶領我們進入「現在」的浮華世界裏。如「燈景舊情懷」中「不再是蘭花手」，由自己想在黑綢背心上繡花，而憶及母親的巧如蘭花手；「燈景舊情懷」，由臺灣的春節燈景，回溯到家鄉的新年燈景，最後再翻回到眼前冷清的春節，一片淡淡的惆悵便在這時空的交替中浮現出來。

懷舊文字中，寫得最出色的是人物小品。文字表達人物，最高的境界便是使人物「栩栩如在目前」，琦君便有這種本領；像她寫外祖父的篇章：「外祖父的白鬍鬚」、「紅紗燈」、「外公」等文，活畫出一位快樂的人間神仙來。又如寫阿榮伯的：「第一雙高跟鞋」、「阿榮伯伯」更刻劃出一位平凡的好人。在懷念老師的文章中，如「聖誕夜」，直使讀者感動得泫然欲涕，「一生一代一雙人」、「啓蒙師」、「不見是見見亦無見」，更描繪出兩位截然不同典型風範的老師。在琦君集子中最傳奇的人物，那乞丐頭子——「三劃阿王」的筆觸，也細膩得叫人喝采。又如她嚴肅中帶著愛心的父親，慈祥的母親，可愛的阿榮伯伯，調皮的肫肝叔叔，苛酷的五叔婆，還有作者的丈夫、兒子、甚至小販等等。舊家鄉的人物故事既取之不盡，現實生活中的瑣瑣屑屑似亦用之不竭。

琦君的懷舊文，不會有大抱負、大理想、大教訓。也許有些人不免會說，這些不過是些家庭瑣事而已。但就文學本身而言，我們固然需要大抱負、大理想等大氣魄的雄偉之美來開拓我們的胸襟；但也絕不可或缺一些纖巧的秀美之美來滋潤我們的心靈。瑣事文學令人嗤議的不應該是題材本身，而是處理手法的低劣。琦君處理這類題材，不在瑣事本身的可愛，而是在一些小人物與小事物中，組織成一片有情世界。所以，當我們走進她的文章中時，那些曾經耳熟能詳的人物又會不期而遇。

在作者筆下的這些古老人物，都給讀者極深刻的印象，本來極難軒輊其高低，但個人覺得，其中以寫父、母及姨娘的形象最鮮明，他們的三角微妙關係最凸出。琦君描寫母親的篇章極多，但寫父親，著墨很少，卻有點睛之妙；其中「油鼻子與父親的旱煙管」，俏皮中帶著傷感，可爲代表作。

在「老鐘與我」中既寫人又寫物。物與人一樣生趣無限。那隻「歐羅巴洲」進口的人人引以爲傲的老鐘竟是：

其實它敲的時刻並不準確，三點常常只敲兩下，十一點又偏偏巴結地敲了十二下，由它高興。只有半點鐘時，一定只敲噹的一下，非常乾脆。單憑這一點，就讓我們感到很驕傲。

俏皮的四叔，不按老師的指示臨帖寫字，卻在九宮格上畫了口大鐘，邊上寫了兩行字：

老鐘老鐘，真是冬烘。
沒有老鐘，豈不輕鬆。

從此文中，可以看出琦君幽默風趣的一面。當然，文章中只有這一點絕然不能使讀者回味再三。她的文章中最吸引人的還是那份溫馨的情感。這在她寫老家故人身上固不必說。即令對只一面之緣的陌生人，也常處處「留情」，令人感動。例如「黑人與小貓」便是。作者隻身在黃昏的紐約地下車站裏迷了路，遇見一位身材高大的黑人，始則驚怕被搶被刼被殺，既而信任，終而欣賞。因爲她遇見一位好心腸的黑人。所以，最後作者說：

我一路回家，心中充滿溫馨。

讀者讀畢，又何嘗不是這樣感覺呢！

琦君對人對事對物，有許多可愛的「婦人之仁」，這些心腸，如用在政治上、軍事上，都可能動輒得咎。但在一個文人身上，且現身於文章之中，反而是令人擊節的性情之作了。

作者記載遷臺以後的生活，不論記人記事，風味已與前者不同，無以名之，所以稱爲生活感想。在人物上，作者已大爲縮小範圍，把焦點擺在丈夫、兒子身上。記丈夫的如：「我的那一半」、「秋扇」可爲代表，記兒子的極多，如「楠兒」、「聖誕老公公」、「孩子快長大」、「孩子慢慢長」、「孩子的生日」、「楠兒住校後」等，都是「感情的結晶」之文。

除了記人，琦君也開始記小動物，貓和狗便成了她作品的第二重心；「家有醜貓」可以算代表作。其他記載身邊瑣事的如：「休假記」、「倒賑」、「失眠」、「風箏」、「秋扇」、「老花眼鏡」、「課子記」、「照片」等，皆是佼佼之作。在「溪邊瑣語」，錢劍秋先生序中的一段話，很可以說明它們的成功處：「身邊瑣事，隨手拈來，都成錦繡文章，放手寫去，全是快人快語。其中最可貴的是一片醇厚的意境。躍然紙上。這說明了作者敦厚的個性，終無驕矜作態之處。」

琦君也有雜談文章，除了「溪邊瑣語」專輯外，便是收在「紅紗燈」二、三輯及「琦君小品」的「燈下瑣談」數則。其中如：「溫柔敦厚」、「談含蓄」、「順乎自然」等篇，都見出作者「文如其人」、「文章見解」合一之處。但個人以爲，這種性質的文章最好仍像「溪邊瑣語」一樣單獨成集，不但能避免與以情取勝的懷舊文相形而見絀，且能建立作者另一種文體的風味。

琦君寫作，如能「情有所鍾」，則文章必可動人，所以她的懷舊文章，旁人不易學步。倒是她的遊記文就顯得平板多了。這兩種文章並讀，就像剛喝過一杯釅茶，再喝白開水，口中不斷回味的還是那茶的餘馨。所以，作者的遊記文也以單獨結集出版較好。

以這種角度看來，在琦君的散文集中，「煙愁」及「三更有夢書當枕」在內容上要算是最醇、最精華的了。

（二）

琦君的散文，有許多人物會一再的出現，但讀而不厭其「煩」，這是因爲人物本身雖重現，但人物的事件不重複（除了寫啓蒙老師有極少數的重複外），例如「楊梅」與「一朵小梅花」，同是寫父母間微妙的感情，但各以「楊梅」及「小梅花」爲引子，從父親對母親的冷落，寫到父親晚年對母親的歉疚。單看完一篇，會覺得已數說完畢，等看起下一篇時，卻又見柳暗花明之姿。因此，讀者可以從各個角度去看書中的人物。最後，把這些人物配合起來，又是極統一完整的形象。這一點，很使人聯想到司馬遷傳人物尤擅此法；寫項羽的豪傑氣慨，不但要看「項羽本紀」，還要從「漢高祖本紀」中見堂奧；寫張良的足智多謀，不僅要讀「留侯世家」，也要讀「高祖本紀」來補充。當然，「史記」是一部大部頭書，其結構的完整自不待言。而琦君的散文，相信在她長久寫作過程中，原無心做這種浩大的工程構圖，但經長期自然醞釀的結果，卻能有這麼美好的安排。我們可以說，讀她的單篇散文，像從一粒砂中看她的世界，而配合各篇一起讀，便是觀察她的宇宙了。

這種效果，表現在琦君寫母親時最爲成功：「毛衣」是紀念母親的節儉；「母親新婚時」是寫母親的愛情；「母親那個時代」是寫母親的勤勞；「母親的偏方」寫母親的幹練；「一朵小梅花」、「髻」寫母親的幽怨。除了這些專文外，在其他主題的散文中，也給母親來一些側寫；像「阿榮伯伯」寫母親之善待長工；「三劃阿王」寫母親的慈悲爲懷；「母親母親」寫母親溫而厲的教育方法等等，不勝枚舉。讀者可以配合許多片段，塑造出一個具備三從四德的舊式婦女。也可以從任何角度去肯定她許多勤勞、節儉、容忍、慈悲、寬懷的美德。

(三)

琦君散文之所以成功，個人覺得她具備了幾點很重要的因素。以下試爲分析：

(1) 敏銳的感受力

寫作小說，觀察力也許重於感受力，但寫作散文，敏銳的感受力則是充分必要條件；尤其寫作抒情散文，以表情達意爲主，言事說理其次。既然是千言萬語一片心，那麼便不可沒有一顆敏感的心來感受世事的變化。琦君身爲女人，本就具備女人所特有的細緻敏感，加以自小生活在舊式大家庭中，接受姨娘給她的精神壓力，更增長了她心靈的觸覺。

琦君的散文中有愁，但她的愁絕不刻意拿捏，所以表現得輕淡而雋永。楊牧在「留予他年說夢痕」中分析得十分中肯：

> 琦君的淺愁永遠是無害的淺愁，不是傷人的哀歎——然則，她又如何能不流入泛情的哀歎？我發現她時常能於筆端瀕近過度的憂傷之前，忽然援引一句古典詩詞，以蒙太奇的聲形交錯，化解幾乎逾越限度的憂傷，搶救她的文體於萬隱之間，忽然回頭，保持琦君散文的溫柔敦厚，而且更廣更博。

要把「愁」這樣處理，是非常困難的，細觀琦君的散文，她也從無刻意要這麼巧置她的愁。這種風格，也無非是她人格的呈現。她本來就是個在平淡中求眞情，在失落中又能自我慰勉，在受傷害時還能原諒別人的人。文章中的「轉機」常常是她個人生命中的一個頓悟——從這一點，我們不難聯想到她散文中那若有似無的哲理，也絕不是她存心要說教，或要使文章更有「深度」，純然只是她人生觀念的表露。

(2) 眞摯的情人眼及大家閨秀的風範

梁啓超嘗自詡「筆端常帶感情」，這話也很適用在琦君身上。她的慈悲之心，半得自天生，半得自母親陶誨。兒時就表現了見禽畜觳觫而遠庖厨之心，長大後更表現了容人的大家閨秀風度。她有一顆誠懇的心，所以，以她「官家小姐」的身分，才會跟三劃阿王那種乞丐頭結了忘年之交，才會把壓歲錢捐給不爭氣的肫肝叔叔，才會把鏈子裏的錢掏出來替一位小氣的親戚補賬；因爲她的愛心重，所以第一篇散文「金盒子」寫手足之情就那麼感人。

我們也可以從琦君的散文中，看她處在父、母、姨娘的三角當中，如何自處？在她童年時代，一個丈夫擁有三妻六妾本不足怪，但她這位姨娘非比尋常；她來自享樂世界、富貴十足、氣焰高昂，跟勤勞節儉的作者母親「大太太」的作風大相逕庭。這位姨娘顯然有喧賓奪主的氣勢，而且整個奪走了作者父親的心。這對一個深愛著丈夫的妻子而言，不能不是個嚴重的打擊。爲了她，作者的母親受盡了委屈；而姨娘因未能生子育女，對琦君也甚懷恨於心。這樣一位姨娘，其尖刻是可想而知的。但在她的筆下，無一字透出恨怨之意。姨娘的尖刻，在琦君的小說「阿玉」中，可見其梗概。散文是心靈的直抒，小說則是寄託寓言於故事。而琦君在散文中，不但不怨恨這位姨娘，而且在「鮮牛奶的故事」及「髻」文中還寫出對姨娘由生疏而相依爲命，由怕而愛的情感。因爲她了解姨娘的個性，原諒她過去的氣勢，同情她的晚年，充分表現作者寬懷的心胸。

但琦君也不是個天生「沒脾氣」的人，她也會因事務的拂逆而心煩，因車掌、護士的無禮而生氣。但總因她的愛心比別人重，所以，她遇見售票女人的惡言相向時，始則以怒，繼則以恕；上公保大樓乘電梯時，受守門小姐的白眼惡言，也忍不住回頂數句，但立刻，她又會爲別人成天的枯燥工作而消氣而原諒別人，甚至責怪自己。因爲她有這種退一步海濶天空的仁愛心腸，所以她表現在散文中的結構才有轉折：如「倒賬」始則以怨，終則以慰。沒有這一層轉變，「倒賬」便是一篇很「洩氣」的文章。

琦君早年經歷戰亂家變，工作經驗也極豐富，她並不是沒有經受過苦難，不是沒有見過世界醜陋的一面，但她習慣以愛心看世界，多看美的、善的一面；表現在文字上的也如此。以她過去在法院工作的經歷，有許多小說題材垂手可得，但她只寫了一部分小說。個人覺得她的散文確比小說好，這一方面是小說不但技巧多方，而且作者本身要冷靜客觀，而琦君本心慈悲，實更適宜寫作散文。

大概琦君本人也一直努力追求溫柔敦厚的修養，所以她談人論事，不喜言人是非，評人長短。在「三」書前言中，她也引朱子的「觀書有感」詩句「天光雲影」的境界爲目標，「源頭活水」的生氣以自勵。我們看她這一層長處，這一種境地，實是眞積力久而至，其成功，既得力於素養，也關係於本質，「氣之淸濁有體」，實非一般人讀書努力可力強而至的。

(3) 豐富的舊經驗

琦君自幼生長在大家庭中，她是鄉村裏少有的「官家小姐」，父親雖然做了「大官」，母親卻仍節儉持家。她的身邊除了父母、老師，還有叔叔、長工，及一些鄉村人物。後來又來了一位姨娘。這些人，有的愛她、有的管她、有的逗她，許多屬於那個鄉村獨有，她的家庭所獨有，甚至琦君自己所獨有的生活經驗，都是一宗「金不換」的豐富財產。而不論愛或憎，琦君是活在感情中的，許多感人的事，發生在她身邊，使她雖經數十年而歷歷如在目前。從她作品中寫作的範圍來看，早年的回憶錄既多又好，足見那些事情給她的感受之深。琦君能把曾經感動她的，用筆再來感動讀者，眞是一項智舉。

(4)迅捷的聯想力與判斷力

聯想力高，寫作散文才能左右逢源，文章本身也會生動活潑。琦君因爲「舊事塡膺」，又有極高的聯想力，往往捕捉住一個題目後，便能左右開弓，向舊事探源。所以她的文章中，不乏新舊並敍的例子，像「母親母親」、「媽媽的手」，由自己做母親的辛苦，憶起母親的劬勞。「憂愁風雨」從自己面臨颱風，寫到幼年颱風時自己「風雨不動安如山」的情形；其中以「下雨天眞好」、「照片」的新舊交融，及「風箏」憶起阿多叔，和「我家龍子」由家裏的聾子貓寫到自己的龍子——兒子等篇最爲膾炙人口。

有了豐富的舊經驗，又有迅捷的聯想力，則操筆時，思路如源泉滾滾，不擇地皆可出。這時，如果沒有高明的判斷選擇力，文章作出來便是一盤亂雜燴。張秀亞女士在琦君「煙愁」一文中曾言：「自生命中提煉出來的就是最好的文章」。要從生命中提煉，必須冥冥中有判斷力，去蕪存菁，在精華中，還要選擇適宜的材料。排比成美麗的七巧板。前面所說，琦君寫作事件甚少重複，便是善於把握題旨，寫「楊梅」時，不採用「一朵小梅花」的材料。類此，便非有判斷力不可。

(5)**純熟的文字技巧**

駕馭文字的能力，是寫作任何文章都要具備的條件，本不必贅言。而前邊，我們也已提及琦君文字的成功處。但此處，我們強調琦君的文字力高，卻是從中國舊文學中脫胎而出的。卽使在目前，我們仍可看見有些大學中文系教授，極少寫白話文，一旦寫將起來，又是全然的遜清遺老風味。這似乎就像纏足解禁時，婦女纏了一半的腳再放開來，骨骼已經歪曲了。但琦君不然，她從小受嚴師教育古文，大學時又主修古典詩詞，相信這是她寫作的最紮實根基。所以她的第一篇散文「金盒子」便是上乘的白話文。這便是習古文詩詞能入乎其內又出乎其外了。個人一直堅信要寫好白話文，必得以中國舊文學做根基，兩者可以相輔相成，相得益彰。中國新文學的歷史尚短，而舊文學的寶藏無窮，能加以開發利用的人實在太少，不能不說是一項遺憾！也因此，琦君更顯得難能可貴了。

(6)**清明的知性**

琦君不惟以抒情爲主，亦有其哲理性的表現，例如後期作品「燈景舊情懷」中「八十八分」中借房老師之口說：

在學業上、知識上，總要力求進步。在對人方面，卻不必樣樣爭先，強出風頭，倒是八十八分恰恰好。

又如「老樹與小菌」中把自己與古木、小菌一比：

在這前不見古人，後不見來者的茫茫天地間，我連滄海一粟都不如，我又何必歎息小菌的短暫呢？

在「黑人與小貓」中，她也因對眼前純樸黑人的好感，而有「美國黑白間的歧視，是不是由於人類判斷的錯誤呢？」的感想。在「憶兒時」中「小蝦米和海蜇」一段，盲人和狗，小蝦米和海蜇，都使作者感動。所以「如果這個世界上，凡是有生命有靈性的東西，都相互依賴，相互幫助，不要彼此猜忌、傷害，該有多麼好呢？」諸如此類，例子相當多，有些畫龍「點睛」之處已較明顯，是否暗示作者風格的一種轉變？

(四)

對於許多我們滿意、偏愛的文章，有時不免會有鷄蛋裏挑骨頭的毛病。對琦君的散文，有時個人也會想挑掉一些地方，也許它會更緊湊些。有許多撫今追昔的文章，在她歷歷敍寫往事時，那層深深的感慨，已款款地打動了讀者，所以作者本身似乎不必再加以詮釋了；像「楊梅」中說：

我常為母親的多叮嚀而感到厭煩，無知的童子，竟以為一輩子都會在母親的愛撫下享受著幸福呢！

又如「晒晒暖」的結尾：

可是歲月不待人，一轉眼間，父親鬢邊添了星星白髮，我也長大了。戰亂中流離轉徙，沒有一個冬天能夠在故鄉過著晒晒暖的安閒日子。如今呢？更不必說了……

又如「三劃阿王」的尾巴：

我現在常常記起三劃阿王那一副與艱苦疲病饑寒掙扎的頑強神態，我更聽見了他充滿感情與熱情的語音……

若此之類，作者似乎習慣在文尾述說感情，其實有許多感情是寄託在敍事中，作者不必再跳出來補充說明，反造成畫蛇添足的結果。這個小毛病，甚至在最精彩的「髻」文中也不免，例如：

人世間，什麼是愛，什麼是恨呢？

又結尾也可以割愛：

這個世界，究竟有什麼是永久的，又有什麼是值得認真的呢？

對於散文，一向有兩種看法：一種是要求燦爛絢麗，一種是樸素醇厚；前者較偏重文字的華艷，感情的奔放；後者則重文字的樸質，感情的蘊藉。不過個人卻常想，兩者難道永遠水火不容嗎？一個人，有濃妝艷抹的時候，也有歸眞返樸的時間，但也可以折衷，蛾眉淡掃，半分天生麗質，半分人工點綴豈不也是文質彬彬？散文在內容上已具有高水準，文字上是否還能更求巧妙呢？文情並茂，不正是「昭明文選」經得起考驗的事實嗎？

琦君的散文，往往情勝於文，所以凡是有情之文必佳；但寫景、記遊就會比較平順板滯了；個人覺得她具有深厚的古文學基礎，文字上要求含蓄典麗絕非難事。

從琦君十三本散文集的書名上，便可看出她在命名時，文學風格已有轉變。早年她多用字句少，意象較簡單，文字較樸實的文句命名，例如「琴心」、「溪邊瑣語」、「煙愁」、「琦君小品」、「紅紗燈」等，都是一九七一年以前出版的散文集，每本書名最多四個字；但一九七八年「三更有夢書當枕」出版以後，漸多用文字典雅、意象繁美、字句較長的書名，例如「細雨燈花落」、「千里懷人月在峯」、「留予他年說夢痕」及「燈景舊情懷」等。即使用了句字較短如「桂花雨」，也必取意於它意象之美，色香之全吧？從這一點看來，琦君是留意於她的文字之錘鍊的。只不過這種錘鍊不必只限於書名，尚可擴展至文章中的文句、結構及文意的含蓄內斂上，相信那必然會使琦君的散文更上高樓。

木心論

一九二七年生的木心沒有寫啓示錄的雄心，所以他在「散文一集」的「序」中自稱「羡慕那個開始動手就造出廢墟的人」，也許這也是他謙虛的自許吧？他只想平淡地敍說一些印象、一些雜感，用一種很個人化的方式把這些印象和雜感串連起來。他是個道地的散文家，其散文集命名如「散文一集」，就是很典型的散文題目——中性、隨性且帶點潦草的飄逸感。在書中，他也建築了一些堡壘，把內心深處的東西潛藏進去。但是，在大部分的時刻，他總是流露出極度的個人色彩，強烈而鮮明的「我」隨處可見。包括寫景，都常常戴上他個人專屬的濾鏡。因此，書中的景物、事件，其實更近似用現代畫家的筆所描繪出來的，充滿了個人的意識和情結。若稍爲誇張點說，木心是一個散文家、一個寓言家、一個現代主義者、一個無神論者、一個存在主義者——這點似乎與做爲一個無神論者的木心有很大的關聯——一個遊客，更是一個愛掉書袋、愛抱怨世界，也能默默承受一切醜惡與華美的男人。木心彷佛一艘潛水艇，在每個艙房中擺置不同色彩的心事，每一篇散文都打開一扇厚重的水密門，裏邊呈現相異的場景和解說。

木心散文的景觀大致上是纖巧的。儘管作者用心的談宗教哲學，又帶引讀者參觀世界上許多不同的地方，介紹各種模樣、各種心態的人類。但是他的格局籠罩在個人化的陰影下，一切事物都縮影成了小人國裏的模型，被精巧地擺佈著。好在散文這種文類，原本也是以經營心靈的精緻工業爲正宗。也因此，造就了木心趨近英美式散文的風格：知性強烈，談天說地中不忘援引學問，時時顯現作者的見地及經歷。木文結構甚爲鬆散，避免陷入矯飾造作的劣境，文字則在平易自然中仍不失新穎活潑。此外，他還常帶給讀者一些頗耐咀嚼的警句，以及奇特的思考方式。

木心散文的語言極爲乾脆，也極爲乾燥，這似乎是八〇年代興起的知性散文家的共同癖好。木心、林燿德等都市化散文家，都飽含知性的魄力和周旋於具象與抽象之間而出入自得的能力，在「林肯中心的鼓聲」中，我們看到這麼簡潔而有速度感的描寫：

> 我撲向窗口，猛開窗子，手裏的筆掉下樓去，恨我開窗太遲，錯失了，鼓聲已經在圓號和低音提琴的撫慰中作劇戰後的嬌憨的喘息……

一連串的短句，把急促的心情引帶出來。在引文中最後一句長達二十六字，在冗長的句型和音義組合中，又透露出惆悵綿延的失意感。這樣精巧的鋪陳，與其說是作者刻意的安排，毋寧說是散文家充分把握文字的奧秘，而不自覺的把心理節奏和文字的音義、造形融貫在一起，再看「大西洋賭城之夜」的開頭一段：

車經荷蘭隧道，登紐澤西，一路平原景色，河流藍，草地綠，頗似中國江南。近大西洋城的高速公路兩旁，孟夏草木長，蒼翠連綿，更引人遐思，恰如行臨故鄉了。

這樣的寫景文字，明暢簡潔，幾筆勾勒，便浮現出巨幅圖像。不過，它是素描，而非工筆，比諸晚明小品中的寫景佳作，絕對難以超越，與抒情名家如陸蠡，將情景和理趣融合無間的高妙成就，也無法並駕齊驅。實在說，寫景文字並非木心散文的重點，它是他建立思想與智慧的背景，與其他都市派散文家一樣，木心不但在處理現代都市不斷重複的造形上，對於自然，他也有一種不經心的處理手法。

在句型結構方面，木心也獨具特色：

她換了裝，纖指梳弄金髮，掉下一絲在雪白的桌巾上，以為我會揀來揣在胸袋裏——我認為兩個人午餐比一個人午餐更像「午餐」些。（「大西洋賭城之夜」）

倒是陀司退亦夫斯基：賭徒、囚犯、作家、丈夫、基督徒、無神論者……一直做到世界四大智星之一——風光明媚的夏日大西洋之濱，夢遊到風雪交加的涅瓦河邊。我該去找淡水，冲掉身上的鹽分。浪子回家。（同前文）

上列引文中使用破折號，兩端的文義竟是風馬牛不相及，意義上的跳脫非常厲害。用更大的角度來看，段落與段落，子題與子題之間的乖離性也很大。例如「兩個朔拿梯那」中，各子題及段落幾乎是用拼貼藝術手法剪接出來的。這種手法可能肇因於兩個因素：其一是作者意識流的寫作習慣；其二是作者受到現代藝術觀念的影響。對於一般的讀者而言，讀慣了常態散文中敍事的秩序性，自然驚悚於木心的突兀了。其實他力求的是個人思考流程的呈現，這種類似自我分析和自我記錄的特性，尤其可以在「空房」一文中得到強烈的提示。木心仔細的把他判斷事理及觀察環境的心理經過描寫下來。「空房」一文結尾的惶惑，正是木心式的迷惘。

木心是個好跑野馬，也好發議論的思考者。從他許多神來之筆的警句中，可以得到許多啓示，這些該是脫胎於他心中那一半西方的靈魂。它很能把握住一些人生微妙的感覺。他寫浪子：

> 浪子回家，舉火奏樂，宰烹牛犢。浪子不回家，千夫所指，無疾而死，世人對付浪子總有辦法。不想想還有一種浪子是想家而無家可歸——這倒使人楞住了。（「大西洋賭城之夜」）

浪子說的是作者自己，然而天下浪子的流離、滄桑，也同時被他捕個正著。他在「咖啡彌撒」中談及神的造型說：「眞主阿拉從不露面。這是最懂得策略的，因爲其他的神主就是在形象上出了問題壞了事。」這種說法正可見出作者的智巧。在「哥倫比亞的倒影」中，敍述哥大門口的兩尊石像，又有出人意表的「歷史解釋」：「始建哥倫比亞大學之際，美國文化的模式還面目不清，才立起這麼兩個似希臘非希臘的一男一女（不是麥克和珍妮），到了無可奈何時才產生象徵，人們卻以爲象徵是裕然卓然的事……」把雕像跟美國歷史的關聯性機伶的點了睛，令人拍案叫絕。

視木心的思想層面，他的企圖是相當大的。他想用一己煢獨孤單的心靈來燭照人類的歷史、宗教。他認爲「生命是宇宙意志的忤逆，去其忤逆性，生命就不成其爲生命。因此要生命徇從宇宙意志，附歸於宇宙意志，那是絕望的。」（「大西洋賭城之夜」）此處透露他承襲西方的抗爭精神。他屬於東方的那一部分，似乎僅僅在於背負黃種血統的宿命上。因爲木心不但對西方諸神給予無情的批判和嘲諷，同時也把東方宗教列入清算名冊：「『神』是一個斷又斷不掉續又續不了的觀念……上帝、耶和華、如來佛、阿拉眞主，等等，都是弄殭弄尷尬了的。」（「咖啡彌撒」）「三個五個宗教各各杜撰，於是出現三個五個謎底……一個謎那能有三個五個謎底，無疑是揑造出來誆騙那些笨得既不會猜謎又不會圓謊的芸芸衆生，一直一直糊塗下去。」（「大西洋賭城之夜」）木心一併否定了東方宗教思想，他對佛教更乏好感，他說「天上天下，唯佛獨窘」（「大西洋賭城之夜」），連愛拿木棒敲人頓悟的禪宗，也在「七克」一文中被他狠狠敲了一棒。木心對於禪宗，仍不免有相見而不識之處；對於經過三大改革家刷洗過後的天主教，也未免有隔閡誤判之處。但是，這並無損於他做爲一位散文家。因爲讀者看到的是一顆赤裸眞率的良心，他著眼於人類命運的前瞻後顧，是需要強大的勇氣與智慧的。這種淵源於古希臘神話中諸神糾結與矛盾的抗爭心靈，要追求一個掌握自己存在的人格，他心靈與肉體雙重的飄泊，清晰地呈現在散文中。

木心也喜歡把自己一切的歷史，慢慢地轉播於讀者眼前。他用敍事手法寫自己的一生，遠較敍說自己的思想來得有趣，那時，他顯得更冷靜而邃遠。「童年隨之而去」寫童年時，在船上，脫手把碗掉進水裏，母親出艙來，端著一碟印糕艾餃，他告訴掉碗的事，母親說：「有人會撈得的，就是沉了，將來有人會撈起來的。只要不碎就好——吃吧，不要想了，吃完了進艙來喝熱茶……這種事以後多著呢。」母親這種看似不經心，而其實富有哲學性、預言性的話，在文中具有承前啓後的明喻和暗示功能。加以文章最後一句：「那時，那浮氽的盌，隨之而去的僅只是我的童年。」足以綰結全文主題。這樣的文字和結構，足以和陸蠡相輝映。

寓言體散文，也是集中特色之一。有上乘之作，也有乏趣之處。前者以「圓光」爲代表，後者可以「遺狂篇」爲例證。「圓光」佈局巧妙，結構完整，焦距準確，主旨關涉宏偉，把人性的不折不撓之處，說得精到切要。而且，作者總算不再站在紙上比劃解說了，一個精緻的故事，那麼自然而可貴，直到結尾，才透露出什麼是「圓光」，而令人深深感動，可以說是木氏散文中頂好的一篇。「遺狂篇」中作者上天入地，看似好不風光，實則具有老舍·「貓城記」式的失敗。

木心的散文，若注意下列的問題，或可臻至更高一層的境界：

一、語言的運用與思想的表達應求精確。像「糟的是凡能分析出來的東西，其原本都是混合著的。混合便是存在。宇宙之爲宇宙，似乎不願意被分析。分析是爲了利用，分析的動機是反宇宙的。」（「大西洋賭城之夜」）這種籠統的語法，最易流於不知所云。木心曾大力撻伐佛教與西方哲學受到語言的束縛，而其實，他自己也深陷於個人信仰與語言的迷宮之中，一旦能超越這一層，木心必然會走出自己寬敞的語言道路來。

二、文中龐雜的枝節太多，許多與題旨無關的情事，適足削弱主題的力量。而且在文義上無關聯的段落，過分離奇的拼湊，除了強調作者思想的飛躍與新世代的古怪情境，並無何特殊的表意功能。蒙太奇效果的運用，自有它一定的限度，拼貼藝術在畫紙上和稿紙上應該要有不同的處理方式。

三、跑野馬、掉書袋是中國理趣小品自周作人開始建立的特色。然而，天馬行空，常難馭繮索，或是強撐博學而缺乏深入的認知，則不免令人遺憾再三。像木心也談紅樓夢（「愛默生家的惡客」），他不惜折煞曹雪芹的眞意，或者紅學家的公論，而另立己說。其實，作者並不是要詮釋紅樓夢，而是表現「自己」的看法，這種作風，偶一爲之尚可，若樂而不疲，則不免會抹煞了散文家坦誠無矯的好性情了。

話說回來，木心的散文，確然有它不可多得的優點。這種以知性、智慧以及生命來建構的心血結晶，必不容易登上銷售排行榜的名次，也不容易進入年度選集中。因爲大部分讀者沒有耐心及精力來細讀理解這類厚重、凝鍊的知性作品。然而，就現代散文的發展而言，這樣的散文實在是值得開拓的一種類型，值得作者去努力耕耘，也值得讀者去細心再三品味。

余光中論

余光中，一九二八年生，散文與詩並行於當世，他也是當代散文家中，少數以建設性的理論來構築散文的人。因此，在欣賞他的散文之前，實有必要先認識他的理論。

（一）余光中的散文理論與實踐

余氏的散文理論在「左手的繆思」、「逍遙遊」的後記及「我們需要幾本書」中提出部分看法。在「剪掉散文的辮子」一文中則提出較具體的三項看法：現代散文要講究彈性、密度與資料。

㈠彈　性

●所謂「彈性」，是指這新散文對於各種語氣能夠兼容並包融和無間的高度及適應能力。

文體和語氣愈變化多姿，散文的彈性當然愈大，彈性愈大，則發展的可能性愈大，不致於迅趨僵化。

「彈性」是以「現代人的口語爲節奏的基礎」，在情境所需時，也不妨用一些歐化或文言文的句子，以及適時而出的方言或俚語。

主張文句適度的歐化，余氏並非第一人，朱光潛、郭紹虞都曾提出過。他們認爲西文中緊湊的有機組織和伸縮自如的節奏是特別值得效法的，余氏並指出揷句習慣及更活潑的倒裝句法可使中國文字更鮮活。隨手拈來余氏一句歐化句子，看它活潑的句型與特意的倒裝：

因為雨是最原始的敲打樂從記憶的彼端敲起。瓦是最最低沉的樂器，灰濛濛的溫柔覆蓋著聽雨的人，瓦是音樂的雨傘撐起。（「聽聽那冷雨」）

從上例可看出，中文既可吸收西文中緊湊的有機結構，又能保有中文原有的機動性。不完全的句子横揷進去不但沒有不銜接之感，反而顯得錯落有致。

生活在現代的人是幸福的，他可以一隻手伸向西方去擷取外人的精華，又可以另一隻手探向中國古典文學裏吸收自己傳統的精髓。就余氏使用文言句法而言：

……微薔薇，猛虎變成了菲力斯坦；微猛虎，薔薇變成了懦夫。（「猛虎與薔薇」）

何必白吾白以及人之白，文吾文以及人之文哉！（「鳳、鴉、鶉」）

以上兩句都是倣擬前人句子，前句倣論語：「微管仲，吾其披髮左衽矣。」後句倣孟子：「老吾老以及人之老，幼吾幼以及人之幼。」文白的適當交雜，的確會使文句顯得多彩多姿。余氏運用得心應手，隨手拈來，像「你喝你的白開水，我喝我的伏特加，任渠自飲鷄尾酒。」「……爲了二十年的身之所衣，頂之所蔽，足之所履。」（「蒲公英的歲月」）、「而俯仰於其中，而傷風於其中，而患得患失於其中。」（「咦呵西部」）等都具有創意的美感。

穿挿典故也是余氏慣用的手法：

……五月花之前哥倫布船長之前早就是這様子。（「咦呵西部」）

只是杏花春雨已不再，牧童遙指已不再，劍門細雨渭城輕塵也都已不再。然則他日思夜夢的那片土地，究竟在哪裏呢？

饒你多少情豪俠氣，怕也經不起三番五次的風吹雨打。一打少年聽雨，紅燭昏沉。二打中年聽雨，客舟中，江濶雲低。三打白頭聽雨在僧廬下，這便是亡宋之痛，一顆敏感心靈的一生：樓上，江上，廟裏，用冷冷的雨珠串成。（「聽聽那冷雨」）

前所舉「猛虎與薔薇」，便是用西人的象徵傳統，此處則利用哥倫布典故以表時間。後兩句則是連綴中國典故而成：杜牧「清明詩」、陸游「入劍門」、王維「渭城曲」及蔣捷「虞美人」詞而成。將典故化入句子裏，典麗中帶著惆悵。

風為它沐浴，落日為它紋身。五月花之前哥倫布船長之前早就是這個樣子。大智若愚的樣子，絕無表情的荒砂臺地，兼盲兼聾兼會裝死，什麼也看不見聽不見而且一躺下去就我操他表妹好幾百哩再也別想他爬起來了。說他不毛，他忽然就毛幾叢給你看看。紫葱滿地爬的魔鬼指。長頸長莖的龍舌蘭……（「咦呵西部」）

這一段及何其粗獷得不避俚語粗話。作者甚且將較典雅的「不毛之地」寫成粗俗的「不毛」，再加上「毛幾叢」、「裝死」等等字眼，與前例風格大相逕庭。仔細看看仍帶著原始氣息的美國西部，的確是需要特粗線條來勾勒的！我們可以這樣下結論：凡是融合了文言、歐化、方言或俚語的句子，必定要是情境所需，而自然湧現，才能妙合天契，使讀者拊掌稱快。

在「彈性」條下，余氏偏重強調現代散文的語彙必須豐富，如前所舉，余氏的確身體力行，不過對「文體」的理論，卻缺少解釋舉證。從「焚鶴人」後記中似略可補充：

我的散文，往往是詩的延長；我的論文也往往抒情而多意象。其餘三篇，散文不像散文，小說不像小說，身份非常可疑。顏元叔先生認為「伐柱的前夕」兩皆不類，甚以為病。其實，不少交配的水菓，未見得就不可口吧……任何文體，皆因新作品的不斷出現和新手法的不斷試驗，而不斷修正其定義，初無一成不變的條文可循。與其要我寫得像散文或是像小說，還不如讓我寫得像——自己。

從這些理論看來，余氏是認爲文體的彈性，也可以伸縮自如，只要意有所至，筆勢所趨，則不惜打破文體本身的藩離。以余氏的散文而言，許多抒情寫意的文字中，突然滲入寫實報導的文字，便不無破壞原有的氣氛與節奏。像「落楓城」的第三段開始及「南半球的冬天」中寫作者住在澳洲國立大學招待所的一段等，便都從寫意一下子躍入平板的寫實，破壞了原來醞釀的氣氛。至於「丹佛城」第六段，則寫實，寫意又加論說，便更形駁雜了。究其因，便是文體劃分不嚴而畢現的毛病。

一般而言，各種的文體，因使用的對象不同，表達的內涵不一，所以出現的型態也相異。同一時代更有不同的文體存在。這些文體本身又是不斷因襲時代，又不斷改變前代的。而無論如何，文體在形成後，往往要經過登峯造極的階段，才會窮而蛻變出另一新面貌。三百篇之所以誕降而爲楚辭，楚辭之所以降而爲詩，都是天然與人爲通力合作的結果；而目前我們的現代散文似乎尚未達到爐火純靑的階段，此刻就要把它與小說熔爲一爐而冶之，造就另一新形式，以余氏目前才力，似嫌躁進。

話說回來，現代散文有它極廣大的發展餘地，所以在技巧上，它可以斟酌吸收其他文體的長處：如小說的結構，戲劇的對話，詩的節奏，甚至音樂的弦律，繪畫的色彩等等，可以豐富散文的內涵。

除了以上兩項外，個人覺得現代散文講究彈性，則它內容與技巧的「歧義性」爲余氏所未言及，似亦不容忽略。一篇完美的藝術品，就像一個多稜角的水晶球，從任何一個角度，都能發現不同的光芒。新舊詩之含有豐富的歧義性已不待言，小說也如此，朱西甯的「狼」，余光中的「食花的怪客」便具有多面值得探討的地方。散文又何獨不然呢？季季的「你底呼聲」便是。

(二)密　度

●所謂「密度」，是指這種散文在一定的篇幅中（或一定的字數內）滿足讀者對於美感要求的份量；份量愈重，當然密度愈大。

對於「密度」，余氏只做了籠統的解釋，下文也未舉例詳細說明。個人覺得，要增高散文的密度，文字的稠密，意象的繁複及結構、運筆的變化似不容易忽略。

文字的稠密度；是要使全篇全無廢句，句無廢字，每個字都能發揮它的作用，達到字字珠璣的地步。文字之講究稠密，並非指散文只求簡繁，事實上也有以潔爲貴的，總要配合情境所需：繁而不厭其多，簡而不遺其意。這論調似乎只是老生常談，卻能行諸百世而不謬。

舊詩中有「活字點眼」的手法，「春風又綠江南岸」，只一「綠」字，點活全首詩。散文中也可錘鍊這種活字。余氏的散文中已不乏其例；如「地圖」中的「嚥過多少州多少郡的空闊」，「他闖過費城……切過蒙特利奧……」等不贅舉。用這種字眼來點綴關鍵，也可增加文字的稠密度。

意象的繁複，並非指意象的隨意堆疊；散文中必然要塑造意象。有細小的意象，也有雄偉的意象，但不以巨細而別優劣。如「玉米株上稻莖上甘蔗桿上纍纍懸結的無非是豐年」（「蒲公英的歲月」）氣派較小。而「一過大雅臺，山那邊的世界倏地向我撲來」（「塔阿爾湖」），形象加動作及速度，造成雄豪的意象。其靈感不知是否得自李白「山從人面起」，或杜甫「羣山萬壑赴荊門」？又單一的意象效果不如複疊的意象，如：「人賴在第九張床上。在想，新婚的那張，在一種夢谷，一種愛情盆地。日暖。春田。玉也生煙。而鐘聲仍不止。人仍在，第九張床。」（「九張牀」）這裏，從現實「第九張床」想像到新婚的床是「夢谷」、「愛情盆地」，加上李商隱的「藍田日暖玉生煙」豐富而迷離的意象，最後利用現實的「鐘聲」（前文已有伏筆）拉回到第九張床。其想象之繁複，足以引發讀者廣邈的想像。此外，將時空壓縮、映疊或交替，也能造成鮮明的意象。如：「每次寫到全臺北都睡著，而李賀自唐朝醒來。」（「逍遙遊後記」）都是可圈可點的。

散文也要有完密的結構，通篇要有一個骨架，或依定法嚴整排列，如「望鄉的牧神」以「那年的秋季特別長」連鎖全篇。或無定法而縱橫變化，如「蒲公英的歲月」之激盪成文。其配置驅遣，全在作者匠心獨運。

在運筆的變化上，余氏散文中之屢用折筆，跟結尾的收筆是很值得觀摩的；前者是在一路而下的句子中，突然一折筆，使得下句意思與上句意思相矛盾而激成波瀾。如「……密西根的雪猶他的沙漠加州的海都那麼遙遠，陌生，而長城那麼近」（「萬里長城」），「遙遠，陌生」下緊接著一轉，「而長城那麼近」。事實上，密西根的雪，猶他的沙漠，加州的海是比較近的，作者偏說遠；長城明明較遠，卻偏說「那麼近」。便是故意製造意義和實存的衝突。在句型上，前面一串長句子，最後一短句，立刻頓住，頗有千鈞頓收之勢。這種例子很多，又如「蒲公英的歲月」：「……面對一整幅陰黯的中國，和幾乎中斷的歷史。但歷史是不會中斷的……」「蒲」文中曾屢用頓挫，不冠贅舉。結尾收筆，如「聽聽那冷雨」、「望鄉的牧神」、「咦呵西部」、「地圖」等等都首尾關鍵完密。再如「丹佛城」的結尾：「我立在湖岸，把兩臂張到不可能的長度，就在那樣空無的冰空下，一刹那，不知道究竟要擁抱天，擁抱湖，擁抱落日，還是要擁抱一些更遠更空的什麼，像中國。」憑空翻騰到「中國」上來，懷鄉之情，似淡而深，餘味不盡。

余氏飽學中西，常識豐富，聯想力廣邈，形諸散文，往往有千巖競秀之觀。但唯其如此，也容易在不經心處產生贅筆，如「石城之行」第三段之後寫安格爾教授「愛女兒是有名的」以下兩段都岔出題外；「地圖」第四段也不免此病。類此的插敍，並不能使原文增色的，便造成結構之疣了。

(三)質　料

●所謂「質料」……它是指構成全篇散文的個別的字或詞底品質。這種品質幾乎在先天上就決定了一篇散文的趣味境界的高低。譬如岩石，有的是高貴的大理石，有的是普通的砂石，優劣立判。

有關「質料」，余氏舉了兩個例子：

她的瞳中溢出一顆哀怨。
她的秋波暗彈一滴珠淚。

余氏認爲這兩句「意思差不多，但是文字的觸覺有細膩和粗俗之分。」其實這兩句是較難「優劣立判」的。前句「瞳中」嫌露，「哀怨」平凡，但「溢」、「一顆」較生色。後句「秋波」本來勝過「瞳中」，但因用得太濫了，反而俗氣。「珠淚」跟「淚珠」不同，前者較勝，至於「暗彈」似不應算是敗筆。這樣比較也許太瑣碎，只不過想說明余氏隨手拈來的例子並不能清楚的說明他的定義。「左手的繆思」後記中曾提出：「我們的散文家有沒有提煉出至精至純的句法與衆迥異的字彙？」的質疑。「與衆迥異的字彙」似略可補充他對「質料」的定義。

從余氏散文中，的確不難看出他對自己字詞的琢磨：「直聊到舌花謝盡眼花燦爛」（「丹佛城」）.便極別出心裁，「依次是驚紅駭黃悵青惘綠和深不可泳的詭藍漸漸沉溺於蒼黛」（「山盟」）寫日落，從「驚駭」到「悵惘」是如何的把握住氣氛！「情人節，他想起天上的七七，國殤日，他想起地上的七七。」（「蒲公英的歲月」）又非一般的雙關可比美。「遇到別班先下課，雖駓駰駱驪騮騵，萬蹄過處，只有慘遭蹂躪的份，」（「譟音二題」）對製造譟音的大學生，鞭辟入裏。最妙的是「雖駓駰駱……」一口氣念下來，不正是「衆馬齊嘶、齊奔」的聲音嗎？除了在聲音上的講究，在句型上，余氏也特意佈置。以下擬就此二方，將余氏散文的特色稍事歸納；要知道質料只是寫作散文的「材料」，需靠作者配合「彈性」、「密度」的適度運用，才能顯出光芒。因此以下兩項，便是融三者於一爐，不再特意標明。

(a) 句型的設計

我嘗試把中國的文字壓縮，搥扁，拉長，磨利，把它拆開又拼攏，折來且疊去……
（「逍遙遊後記」）

這種試驗，果然使中國文字發揮了極大的彈性，也同時，造成作者與衆迥異的風格。不過歸納起來，仍不外承襲與變化：句子的排偶、複疊是前人早已強調過的。把句子特別化妝得繁縟，或特意精簡而壓縮，前人雖有文筆繁簡之論，但卻還沒有人做過這麼大膽的嘗試。大體而言，對偶的句子能給人典麗的感覺，排比的句子，能形成排山倒海的氣勢。從排偶繁衍出來，將文句或複疊、或拉長、或截短，都足以強化某一特定的效果。

他鄉生白髮，舊國見青山。可愛的是舊國的山不改其青，可悲的是異鄉人的髮不能長保其不白。（「蒲公英的歲月」）

前兩句是漂亮的文言對句，下兩句又衍成白話對句。在意義上既銜接，在情感上又有逆折：「可愛」與「可悲」相對，「山的青」，與「髮已白」相對。類似例子不勝枚舉，讀者極易發現，不再贅引。

複疊可以說是經過改造的類疊句子：

……聽了一下瑣瑣屑屑細細碎碎申申訴訴說說的鳥聲。聲在茂葉深處滲出潄出。

（「塔」）

這裏，用了很豪華的疊字，「瑣瑣屑屑細細碎碎」等等不但表意，同時更表聲音，才達到疊字以聲摹境的勝境。「瑣、屑、細、碎、申、訴、說」等字都是齒音字，聲音尖細，讀來便有「瑣屑細碎」的感覺。底下一句「深處滲出潄出」也是有意以「深、滲、潄、出」來雙綰音義的。

在純然的藍裏浸了好久。天藍藍，海藍藍，髮藍藍，眼藍藍，記憶亦藍藍鄉愁亦藍藍復藍藍。天是一個琺瑯蓋子，海是一個瓷釉盒子，將我蓋在裏面，要將我咒成一個藍瘋子，青其面而藍其牙，再掀開蓋子時，連我的母親也認不出是我了。我的心因荒涼而顫抖。臺灣的太陽在太陽在水陸的反面，等他來救我時，恐怕已經藍入膏肓，且藍發而死，連藍遺囑也未及留下。……（「南太基」）

「南太基」是從海上寫起。充斥在海天的藍顏料裏，作者著實揮霍了不少藍筆。「天藍藍，海藍藍，……鄉愁亦藍藍復藍藍」等類疊字本無甚出奇。下兩句便轉用譬喻，琺瑯蓋子跟瓷釉盒子都是藍得發亮的東西；「青其面而藍其牙」又鑲嵌進「青藍」，「咒成一個藍瘋子」是誇張的高潮，末句「藍入膏肓，藍發而死……」以排句行文，的確給人透不過氣的感覺。從這一小段可以領悟出，光是字面的重複是無濟於事的，還要意象的複疊；而呈現意象的手法是要變化多端的。

就這樣孤懸在大西洋裏，被圍於異國的魚龍，聽四周洶湧著重噸的藍色之外無非是藍色之下流轉著壓力更大的藍色。（「南太基」）

其間「藍色」二字是上下兼攝的。它的原來句法應是：「聽四周洶湧著重噸的藍色，藍色之外無非是藍色，藍色之下流轉著壓力更大的藍色。」作者故意將上一句疊在下一句上面，使「藍色」二字同時具有領上與托下的作用，造成堆疊擁擠的感覺，正好配合意思上過於泛濫的藍色攻勢。這種利用句型兼攝意義的方法，來自「具象詩」技巧的援引變化。此類例子極多，不贅舉。

如果你什麼也不要，你說，你仍可擁有猶他連接內瓦達的沙漠，在什麼也沒有的天空下，看什麼也沒有發生在什麼也沒有之上。如果你什麼也不要，要餓餓你的眼睛。

（「咦呵西部」）

「什麼也不要」，「什麼也沒有」是類句，參差複疊在句中，無非是特意強調沙漠的空無。至於像「租界流滿了慘案流滿了租界」（「逍遙遊」），「山外是平原，平原之外是青山」（「塔」）則是以回文來複疊。不過複疊的泛濫也不無可疵之處，上引「塔」文下一句便是：

> 俄亥俄之外是印第安納之外是愛與華是內布拉斯卡是內瓦達，烏鴉之西仍是烏鴉是歸巢的烏鴉。惟他的歸途是無涯是無涯是無涯。

前半已將「無涯」的意思表露無遺，末句又用「無涯」，已嫌露骨，何況再三重複。

設計繁縟的文句，是或將文句拉長，以強調豐富的意象，或將文句特別舖展，以婉轉表達一個單純的意念。長短不同的句型可以產生不同的情調，情感平穩時，用長短參差的句型，讀來舒緩有節奏；情感激昂時，用特長或特短的句子可以分別表陳綿綿不盡或澎湃激越的情緒。

> 白。白。白。白外仍然是白外仍然是不分郡界不分州界的無疵的白，那樣六角的結晶體那樣小心翼翼的精靈圖案一吋一吋地接過去接成千哩的虛無什麼也不是的美麗，而新的雪花如億萬張降落傘似地繼續在降落，降落在落磯山的蛋糕上那邊教堂的鐘樓上

降落在人家電視的天線上最後降落在我没戴帽子的髮上當我衝上街去張開雙臂幾乎想大嚷一聲結果只喃喃地說：冬啊冬啊你真的來了我要抱一大捧回去裝在航空信封裏寄給她一種溫柔的思念美麗的求救信號說我已經成為山之囚後又成為雪之囚白色正將我圍困。

這一段讀來使人上氣不接下氣。在句型上，作者把標點符號略去，使原本獨立的句子連成長句，用以配合句意：「不分郡界，不分州界」都是連綿的意象。而「一吋一吋地接過去……美麗。」更是雙綰句與句型「連接不斷」。句意上「千哩」、「虛無」都是形容雪花覆蓋之廣濶。句型上，雪花降落，「降落在落磯山的蛋糕上……」以下一大堆受詞，也是連綿不斷的，使人有「雪花降落」掩蓋一切的感覺。這種利用句型的長度來表現景物的長度與廣度，不能說不是刻意經營的。這手法在余氏散文中也是屢見不鮮。

特意用繁句來舖陳，以表呈一個強烈意念的，余氏的散文也不乏其例，尤其在他表現對寫作的抱負與自信時，如：

……但在那之前，我必須塑造歷史，塑造自己的花崗石面，當時間在我的呼吸中燃燒。當我的三十六歲在此刻燃燒在筆尖燃燒在創造裏燃燒。當我狂吟，黑暗應匍匐靜聽，黑暗應見我鬚髮奮張，為了痛苦地歡欣地熱烈而又冷寂地迎接且抗拒時間的巨火，火焰向上，挾我的長髮挾我如翼的長髮而飛騰。敢在時間裏自焚，必在永恆裏結晶。

這裏，時間的燃燒——生命的消耗，與創作的燃燒成對比；爲對抗時間之火，所以要創作。以上漫長的一段只表示一個意念：能燃燒自己來創作的，才能塑造歷史。作者卻用實象來誇張「燃燒」的鏡頭。其舖展蓄積的力量，全貫注到最末一句上。像這樣氣勢如虹的例子，在「地圖」、「蒲公英的歲月」結尾都可找到。

「蒲公英的歲月」第四段也是個很成功的例子，寫作者雖是第三度出國，仍會寂寞異常：

因為一縱之後，他的胃就交給冰牛奶和草莓醬，他的肺就交給新大陸的秋天，髮，交給落磯山的風，茫茫的眼睛，整個付給青翠的風景。因為閉目一縱之後，入耳的莫非多音節的節奏，張口莫非動詞主詞賓詞。……

這一全用「借代」手法。「一縱」之後，就是寂寞，但作者偏不提「心」，偏用胃、肺、髮、眼、入耳、張口來借代。的確是繁筆刻意舖陳的好例子。

文字的濃縮，有的是將字句，使原本較長的字句，硬是裁減一些，如「初秋的雲，一片比一片白淨比一片輕」（「逍遙遊」），句中硬是裁掉一個「一片」，與前文所舉文句複疊中，以句型兼攝意義的例子相同。從兩種角度去看它，都有可取處。也有的是在有限的字句中，使意象複疊，文意濃稠，前文已談過，不再贅言。

(b) **聲律的推敲**

白話散文中的聲音節奏，自來極少人講究。朱光潛在「談文學」中有一節「散文的聲音節奏」，可能是第一個提出來的人，不過朱先生提出「不拘形式，純任自然」，要「自然、乾淨、瀏朗」等只是積極的原則。至於消極性的「文章既寫得不好，聲音節奏也就不響亮流暢」的原因，也只是因作者「思路不清楚，情趣沒有洗鍊得好，以及駕御文字的能力薄弱」，並未引領讀、作者如何去欣賞與創作散文的聲律美。

中國文字是最適宜表現聲音節奏的，這不僅因爲中國文字是一字一音，容易匹配，且因中國文字在造字之初，就是「聲義同源」；因此，利用中國文字形、音、義天然的優越條件，不但能製造抑揚悅耳的句子，且能借著聲音來烘托情境，強化效果。

韻文中的聲音節奏，一般講究的是：平仄協調、韻腳安排、四聲搭配、雙聲疊韻等，在賦及古詩中，句子的長短抑揚也另具一格。白話散文不可能也不必要全部接收，但不妨挪爲借鏡。余氏的散文便不乏例子，如在特寫鏡頭中，注意將平仄四聲用來陪襯氣氛，借用同音字以強調句意，利用雙聲疊韻強化效果，以音義相近的字來烘托情境等等。

> 今夜的雨裏充滿了鬼魂。濕漓漓，陰沉沉，黑森森，冷冷清清，慘慘淒淒切切。（「鬼雨」）

「鬼雨」是寫喪子之痛，全文充滿悲悼之情。隨手拈來一句。試看「濕漓漓，陰沉沉，黑森森」造九個平聲字。一般而言，平聲字給人的感覺是「哀而安」，而其中陰平聲是「低而悠」，陽平聲是「高而揚」，這九個字的重點在「濕、陰、黑」上，都是陰平。再看用「濕漓漓」而不用「濕答答」、「濕漉漉」、「濕津津」、「濕浸浸」，便是因「答、漉、津、浸」等字音調比較響亮，不適宜悒鬱悲涼的氣氛。像這樣以平仄來輔助氣氛，全在作者不著痕跡之下求取自然和諧。

同音字的重複可以強調句意，有助於情感的湧現，例如：

她來後，她來後便是后。（「塔」）

……留下他，留下塔，留下塔和他……（「塔」）

我的書齋經常在鬧書災。（「書齋，書災」）

「塔」文是作者羈旅異鄉時所作，思念妻子，所以用「後」字音強調「后」的地位。但畢竟妻子不在身邊，於是「鳥與風，太陽與霓虹，都從他架空的胸肋間飛逝」，只留下作者與塔，便用「塔、他」的諧音來強調寂寞。第三例效果亦然，余氏的散文中，極善於運用，試再看一典型例子：

大悲劇之後山色猶青著清朝末年的青青，而除了此岸的鷓鴣無辜地咕呼彼岸的鷓鴣，……（「蒲公英的歲月」）

從山「青」銜接到「清」朝，語意，聲音雙綰，「青」字聲音的重複便是在強調山水的無知，極具國破山河在的悲涼。下句以數「鴣」音強調「無辜地咕呼」的意義，正象徵作者無奈的呼告。這一句實是技法多方，在聲音上除了重複外，「無、咕、呼」還具有雙聲疊韻的音樂性，前半句又暗用典：「無情最是臺城柳」，所以能典麗而悲涼。

中國文字的雙聲疊韻，最富音樂性，現成的連綿字詞已是取之不盡，而非連綿字造成的雙聲疊韻更因作者用在不經意處，但卻配合事物的情態、作者的情感，更可強化效果，這是白話散文最足取法的。

> 湯湯堂堂。湯湯堂堂。當頂的大路標赫赫宣佈：「紐約三哩」。（「登樓賦」）

前八個字是摹聲的同音字，姑且不論。「當頂的大路標」便是有意塑造一串的雙聲字。從前八字到後邊，就是靠「當」字與「堂」字疊韻而帶下來的。

> 好像有一扇門，猙猊怒目啣環的古典銅門，挾著一片巨影，正向他闖來，轆轆之聲，令人心悸。門外，車塵如霧，無盡無止的是浪子之路，伸向一些陌生的樹和雲，和更陌生的一些路牌。（「蒲公英的歲月」）

這一段，雙聲疊韻的運用，正是從不經意處去經營，讀來音韻鏗鏘，一片宮商：連綿詞只

「轆轆」二字，雙聲連語如「車塵」，疊韻連語如「怒目」、「御環」、「如霧」等是顯而易見的。至於遙遙韻腳相合的如：「正、生、更、聲」、「門、影、塵、盡、伸、雲」、「環、典、片、關」、「向、狼」、「無、路、樹」等。聲音相合的如：「是、伸、樹、生」、「來、轆、令、浪、路」等，都參差互見。在韻腳上又有一共同點；大部分用陽聲韻腳，念起來氣充而音宏。

聲音相近的字可以烘托氣氛，可以寫意又可摹聲：

記憶，冉冉升起一張茫茫的白網。網中……（「蒲公英的歲月」）

……茫然的白毫無遺憾的白將一切的一切網在一片惘然的忘記之中……（「丹佛城」）

這兩句除了利用上邊所說雙聲疊韻的優點外，還利用發音部位相同的字音來助長意象的潤大。茫、網、白、忘等字都是脣音字，據聲韻學家的研究，凡是發唇音字，尤其雙唇音的字，多有模糊不清的意思，以上兩句正有此意。中國文字的聲音之足以輔佐情境，是不爭的事實，散文家們實不宜荒蕪這一片沃土。

(二) 余光中的中國意識

一個詩人或散文家所要表現——且表現能成功，便是表現他那時代的自己。從余氏自傳性的抒情散文中，可以看到他表現了自己的幾個面：親情、愛情、友情、鄉情。但余氏有「一個很美，兩個（已四歲）很乖的女兒」（「塔阿爾湖」），愛情的路對他太順遂，親情又極豐盈，不曾起過什麼撞擊。友情，也許醞釀未熟——尚未做過特別的特寫。這些情感都零星的點綴在他的散文中。只有那濃烈欲燃的鄉國之情充斥在字裏行間，不但在文中突擊式的屢屢出現，且幾度成爲全文主題。像「石城之行」、「塔」、「九張床」、「丹佛城」等等是蜻蜓點水式的；而「地圖」、「萬里長城」及「蒲公英的歲月」則是溢滿了磅礴的中國意識。

眷戀中國舊大陸的文章不是沒有，但除了技巧外，作者本身條件往往不夠。老一輩的，從舊大陸到臺灣，整個沉緬在中國古典的懷念中，甚少正視眼前中國人的地位與困境；年輕一輩的，都生於斯長於斯，對舊大陸只是一個架空的概念，懷念無從起。而余氏的身分，使他激越的感情更形澎湃，使他更有懷鄉的權利與義務：

(1)他從故鄉來，仍帶著故鄉的記憶：「二十年前來這島上的，是一個激情昂揚的青年，眉上睫上髮上，猶飄揚大陸帶來的烽火從瀋陽一直燎到衡陽，他的心跳和脈搏，猶應和抗戰遍地的歌聲嘉陵江的濤聲長江滔滔入海浪淘歷史的江聲。」（「蒲公英的歲月」）

(2)他曾涵泳在中國古典文學之中，讀過強調中國美的作品，加深他對故鄉的美感。（見「酒醒的戴奧耐塞斯」——訪詩人余光中先生）

(3)他從舊大陸飄到臺灣，成長，又飄到新大陸的「異域」去：「第一次去新大陸，他懷念的是這個島嶼，那時他還年輕。再去時，他的懷念漸漸從島嶼轉移到大陸，那古老的大陸……」、「你不能眞正了解中國的意義，直到有一天你已經不在中國。」（「地圖」）

余氏的中國意識是其來有自的。而在以上所舉三篇中，個人覺得「蒲公英的歲月」不但情感充沛，且技法最高。「地圖」一篇內容較龐雜，間有小疵；「萬里長城」內容雖單純，但介乎寓言與非寓言之間，既未進入寓言的完全假託寄言，視之寫實，則又嫌誇張做作了。比諸「蒲公英的歲月」，前者像一座爆發的火山，先是一觸卽發，繼而泛濫無邊；「蒲」文則是一股洶湧的伏流，每一處都激越得似要破地而出，給人許多震撼。「萬」文是感情的宣洩，「蒲」文是意識的外流；「萬」文由外界新聞引發，「蒲」文由作者一生處境引發，前者主題的時代性不及後者。最後還有一點更重要的，「蒲」文融入了作者自己的抱負（「地圖」亦然，但效果不及「蒲」文），「萬」文則無。

「是啊，今年秋天還要再出去一次，」對朋友們他這麼說。

開首節奏緩慢，接著步步抽緊，至結尾戛然而止，氣勢便逼人。在時間上，由這一句拉向未來（秋天），又扯回至現在，再拖到過去。在空間上，由臺灣，過渡到舊大陸、到新大陸，再回到臺灣。其中對舊大陸只是虛寫（瞭望與回憶而已）。構成三角形的空間交織在今、昔、未來的三段時間之流裏。而不管這交織如何融洽，其間又有賓主分明的地位：時間上的未來（今年的秋天）及過去，都是用來強調「現在」的心情。空間的「新大陸」、「臺灣」都是用來陪襯舊大陸的地位。也就是除了作者原有對舊大陸的感情外，「新大陸」、「臺灣」的存在，都更強調對舊大陸的感情。

作者曾兩度眺望舊大陸；第一次在金門，持著望遠鏡，在澹澹煙水、漠漠船帆之後的是廈門的青山。這裏，是一個接榫處。下一句「十二年前廈門大學的學生，鼓浪嶼的浪子，南普陀的香客，誰能夠想到，有一天會隔著這樣一灣的無情藍，以眺望敵陣的心情遠眺自己的前身？」頂眞接下來，拍到自己身上，眺望的感情於焉出生，自然、深刻。至此是一段序筆，伏下接著描寫感情的高潮：

> 司令官在地下餐廳以有名的高粱饗客，兩面的石壁上用敵人的砲彈殼飾成雄豪的圖案。高粱落到胃裏，比砲彈更強烈，血從胃底熊熊燃起，一直到耳輪的每一個髮根。那一夜，他失眠了，血和浪一直在耳中呼嘯。

把砲彈(殼)跟高粱很自然的帶在一起，接著用砲彈比喻高粱，「血液從胃底熊熊燒起」已是一語雙關，澎湃了他一夜，便是欲歸不得的熱血及隔開兩岸的無情浪。失眠，無非因此而起。

第二次在勒馬洲。面對著陰陽一割的深圳河如啞如聾地流著。這是一條無船、無橋可渡的「奈河」。水無知覺，所以如啞如聾，所以是「奈河」——奈何。接著寫山的無知：「健忘的是風景。大悲劇之後山色猶青著清朝末年的青青」都很含蓄的道出「無情最是臺城柳，依舊煙籠十里隄」的悲涼。承接著山水無知的喟嘆之後，便又拍回到作者身上，面對著「國破山河在」，作者仍願擎起文化的大纛。

以上是對舊大陸感情較直接的描寫。接著是用新大陸來陪襯：

蒲公英的歲月，流浪的一代飛揚在風中，風自西來，愈吹離舊大陸愈遠。他是最輕最薄的一片，一直吹到落磯山的另一面，落進一英里高的丹佛城。

作者用丹佛城借代了整個新大陸。這一段用了許多聯想，把新、舊大陸聯想在一起，但又用相反的景物推翻這聯想：

丹佛城，新西域的大門，寂寞的起點，萬嶂砌就的青綠山嶽，一位五陵少年將囚在其中，三百六十五個黃昏，在一座紅磚樓上，西顧落日而長吟：「一片孤城萬仞山」。但那裏多鴿糞的鐘塔，或是圓形的足球場上，不會有羌笛在訴苦，況且更沒有楊柳可訴？於是橡葉楓葉如雨在他的屋頂頭頂降下赤褐鮮黃和銹紅，然後白雲在四周飄落溫柔的寒冷，行路難難得多美麗。於是在不勝其寒的高處他立著，一匹狼，一頭鷹，一截望鄉的化石。縱長城是萬里的哭牆洞庭是千頃的淚壺，他只能那樣立在新大陸的玉門關上，向紐約時報的油墨去狂嗅中國古遠的芳芬。可是在蟹行蝦形的英文之間，他怎能教那些碧瞳人去嗅同樣的菊香與蘭香？

丹佛城是新西域的大門，用來比成「玉門關」，被囚著的是中國的「五陵少年」，長吟著王之渙的「一片孤城萬仞山」。在山中行著如四川蜀道的「行路難」，而立在「不勝其寒的高處」（蘇軾：「又恐瓊樓玉宇高處不勝寒」），使他立成「一截望鄉的化石」（按幽明錄載：「武昌北山上有望夫石，狀若人立，古傳云昔有貞婦，其夫從役遠赴難，餞送此山，立望夫而化爲立石，因名焉。」）或用比喻，或用借代，或用轉化，無非都是用中國典故引發對舊大陸的冥想。然而，這裏畢竟不是舊大陸，因爲有「多鴿糞的鐘塔」及「圓形的足球場」上，沒有「羌笛」、「楊柳」（王之渙「出塞」：「羌笛何須怨楊柳，春風不度玉門關。」）這是對著懷念舊大陸的一個反擊，於是「縱長城是萬里的哭牆，洞庭是千頃的淚壺。」而他的淚，仍落不到洞庭湖（壺）裏。情感經過章法上懸宕之後，悲哀是多麼深沉！

另外，本段的意象也值得細翫；前邊「玉門關」、「一片孤城萬仞山」、「行路難」等等造就的意象都極廣濶，到最後，在不勝其寒的高處，他立著，像「一匹狼，一頭鷹」最後凝成「一截望鄉的化石」，意象由大而小，而濃縮成一點。中國古典詩中，諸如此類意象的排比運用極多，柳宗元的五絕「江雪」便與本段異曲同工。所不同的是本段除了空間的意象外，還滲入了感情的壓縮，使情緒更激揚。

本來這一段就此收束，便已有無窮餘音。不過作者卻又很技巧的加一點文字，用頂眞法從新大陸引渡到臺灣：

碧瞳人不能。黑瞳人也不可能。每次走下臺大文學院的長廊，他像是一片寂寞的孤雲，在青空與江湖之間搖擺。

碧瞳人頂眞承接上文是一提筆，但立刻又一折筆，轉到黑瞳人，中間省去了頓筆，文氣急轉而下，爲的是引發更深一層的悲哀：碧瞳人不能，已夠悲涼，但面對自己民族的黑瞳人，竟也靈犀不通，「微斯人，吾誰與歸？」的悲涼極深沉。

這一段以下寫實較少，已接近說理，讀者要在文字間豐富的意象捕捉情感：「走下臺大文學院的長廊」而「他像是一片寂寞的孤雲」「在青空與江湖之間搖擺。」「長廊」的意象本細長而狹窄，到了「孤雲」，已拉向空中，造就立體意象，「青空與江湖」間形成上下的廣濶，「搖擺」再造成左右的寬度。這些逐漸擴大的意象裏所填塞的便是上完課，黑瞳人「不能」之後，他無邊的寂寞與孤獨。

> 江南，塞外，曾是胯下的馬髮間的風沙曾是樑上的燕子齒隙的石榴染紅嗜食的嘴唇，
> 不僅是地理課本聯考的問題習題。

這一句也很別緻。「江南」、「塞外」是兩個極廣大的空間，幾乎等於整個中國。但作者偏把它濃縮成四個字，且又用標點斷開。底下接著一系列風沙、燕子等排成長句子，串成較繁富的意象，同時替前四個字做註腳。末尾「不僅是地理課本聯考的問題習題」一轉，再折到黑瞳人的「不能」。仍然在強調這一點。

> 舊大陸、新大陸、舊大陸。他的生命是一個鐘擺，在過去和未來之間飄擺。

前三句只是地名的排列，把新大陸夾在中間，意謂著只是過渡時期。後二句雖寫的是時間：在過去，未來之間搖擺，但因承前三句地名而下，便也一語雙綰地表明形體亦在兩大陸之間「搖擺」。

對於臺灣「這座島」，他喜歡，且感激。因爲：「爲了二十年的身之所衣，頂之所蔽，足之所履。」因此在他面臨離別島嶼時，也會有依依之情：

> 在三去新大陸的前夕，已經有一種依依的感覺。這種很少楊柳，不是蘇堤白堤的那種依依，雖遠亦相隨。他又特別不喜歡棕櫚，無論如何也不能勉強把它們撐成一把詩。不過這城裏的夏天也不是截然不能言美的，就看你怎樣去獵取。

這一段很微妙地表現出作者對島嶼微妙的感情。離別時雖有「依依」之情，但遺憾這裏很少楊柳，缺乏像對中國的感情，所以，卽使有，也不是蘇堤白堤的楊柳，所以不會有像對蘇、白堤的依依。他又「特別不喜歡棕櫚」，因爲「無論如何也不能勉強它們撐成一把詩」，島嶼的棕櫚不能給他美感，因爲舊大陸上沒有。「不過」以下一句又是一個轉折，在棕櫚樹之外，仍能找到美感，我們試從作者標出「美感」的東西中拈出幾許痕跡來：

> 這座島嶼是冥冥中神的恩寵……延續一個燦爛悠遠的文化，

植物園那兩汪蓮池，仲夏之夕，浮動半畝古典的清芬……那種古東方的恬淡感就不知有多深遠。

一架飛機悶悶的聲音消逝後，巷底那冰菓店再度傳來平劇的鑼鼓，和一位古英雄悲壯的詠嘆。

所強調的莫非古中國的文化，古典的清芬，古東方的恬淡與古英雄的詠嘆。而這些，都是因有舊大陸記憶才產生那麼哀怨的美感。這一段寫作者微妙的情感，欲收又吐，頓挫連起，波瀾迭生。

廻盪在新舊大陸與島嶼上的情感之外，使這篇文章駕乎其他親情、愛情等文之上的，是作者融入了捨我其誰的責任感。這種責任感是順著文勢，逐漸高昂的，以下將文中幾個關鍵處拈出，便能瞭然：

二十年前，他就住在銅鑼灣，大陸逃來的一個失學青年，失學、失業，但更加嚴重的是失去信仰，希望，面對一整幅陰黯的中國，和幾幾乎中斷的歷史。但歷史是不會中斷的，因為有詩的時代就證明至少有幾個靈魂還醒在那裏，有一顆心還不肯放棄跳動。因為鼾聲還沒有覆蓋一切。卽使在鐵幕深深的門口，也還有這許多青年寧願陪著他失眠。

維持歷史的重擔，他跟「許多青年」承擔了下來。可惜「他的朋友一起慷慨出發的那些朋友半途棄權，跳車、扭踝仆倒的選手到那裏去了？」而且「卽使擊鼓吹簫，三嘯大招，也招不回那許多亡魂。」

最後，只剩下他仍「背負著兩個大陸的記憶，左耳，是長江的一片帆，右耳，大西洋岸一枚多廻紋的貝殼？」作者是自負的，但他有多自負，他就有多憂愁，因爲他要孤獨地背負起一個免於中斷歷史的重任。

曾經冀望新一代青年能與他共襄盛舉，但「那重重疊疊的回憶成爲他們思想的背景靈魂加深的負荷，但是那重量不是這一代所能感覺。」又令他失望。從上邊銜接至此，便有前不見古人，後不見來者的悲愴了。然而，在悲愴過濾之後，「他的靈魂反而異常寧靜。因爲新大陸和舊大陸，海洋和島嶼已經不再爭辯，在他的心中，他是中國的。這一點比一切都重要。」這一點的確比一切都重要，自我的體認之後才能做深切的肯定：

> 他吸的旣是中國的芬芳，在異國的山城裏，亦必吐露那樣的芬芳，不是科羅拉多的積雪所能封鎖。每一次出國是一次劇烈的連根拔起。但是他的根永遠在這裏，因爲泥土在這裏，芬芳，亦永永永永播揚自這裏。

整篇文章，是作者自我靈魂的一個大掙扎，結尾是奮鬥成功的魚躍鳶飛。承接這樣明淨無疵的境界之後，最後一段收束便毫不令人驚訝：

他以中國的名字為榮。有一天，中國亦將以他的名字。

這一句是情感與責任感濃縮而成，豪氣干雲，餘味無窮，也是余氏中國意識的美銘。

(三) 余光中散文的感覺性

散文要引起讀者的共鳴，不像小說，可以借助故事情節的幻化多端以取勝。不過，作者在行文運筆之際，可以引起讀者各種感官的刺激，使讀者如聞如見，如履其境，造成感同身受的效果，也能使散文具有引人的魅力。余氏的散文常常要讀者視覺、聽覺、觸覺、味覺與嗅覺同時「享受」。例如「聽聽那冷雨」便是一篇富有「感覺性」的文章。

聽聽，那冷雨。看看，那冷雨。嗅嗅聞聞，那冷雨，舔舔吧那冷雨。

上一例便指出雨是「冷」的，訴諸觸覺。冷雨可以「聽、看、嗅、舔」，便是訴諸聽、視、嗅、味等感官。不過，上例只是說明式的，還未進入描繪的階段，對讀者感官的刺激仍嫌微弱。

先是料料峭峭，繼而雨季開始，時而淋淋漓漓，時而淅淅瀝瀝，天潮潮地濕濕……
雨氣空濛而迷幻，細細嗅嗅，清清爽爽新新，有一點點薄荷的香味……

上兩例便是進而描繪了。「空濛迷幻」可以訴諸視覺，「薄荷香味」訴諸嗅覺。「料峭」、「淋漓」、「潮濕」固然是訴諸觸覺的描寫，但運用疊字「料料峭峭」、「淋淋漓漓」、「天潮潮地濕濕」便同時錄下了風聲（料峭）、雨聲的音響了。同理，「細細嗅嗅，清清爽爽新新」利用齒音字，造成細碎的聲音，也極富聽覺的刺激力。像這樣一語兼攝，既寫實境，又描聲態，便能給讀者感官以極鮮明的印象。

融合各種感官，或同時描寫，或參差交融，是更進一步的寫法：

雨天的屋瓦，浮漾濕濕的流光，灰而溫柔……

「濕濕」、「溫柔」都是訴諸觸覺的，「流光」、「灰」是訴諸視覺。把這兩種感覺交融起來，使視、觸覺等感官的感覺不能獨立，造成渾然一體的心象。上例除了意義外，在字形上，作者特意用「浮漾濕濕、流、溫」等多「水」的字形來形容雨天，也是有心配合來刺激視覺神經的。

樹也砍光了，那月桂，那楓樹，柳樹和擎天的巨椰，雨來的時候不再有叢葉嘈嘈切切，閃動濕濕的綠光迎接。

這一句與上例極類似。不過加一「嘈嘈切切」及「綠光」，不但增加聲音的喧鬧，且增添鮮明的色彩。

另外，也可以利用移就的手法，使原本訴諸聽覺的刺激，卻讓視覺感官去接受，訴諸味覺的刺激卻讓觸覺感官去接受。或者利用轉化或譬喻的手法，改變描寫事物的性態，都能造成感官的矛盾，引起鮮明的印象。例如：

至於雨敲在鱗鱗千瓣的瓦上，由遠而近，輕輕重重輕輕，夾著一股股的細流沿瓦漕的屋簷潺潺瀉下，各種敲擊音與滑音密織成網……

「各種敲擊音與滑音」本都是訴諸聽覺的，這裏卻把它「密織成網」，讓視覺去接受。在修辭學中稱為移就法。在末句之前，重點在寫雨的聲音，「輕輕重重、潺潺」都是有意的安排，甚至於「鱗鱗」雖用以形容瓦，實在也雙關出雨聲，到最後轉變成「網」時，全移到視覺上，事實上，聽覺的作用未嘗消失。所以，移就的手法，其實是在引起更多感官的注意而已。

雨是一種回憶的音樂，聽聽那冷雨，回憶江南的雨下得滿地是江湖下在橋上和船上，也下在四川在秋田和蛙塘下肥了嘉陵江下濕布穀咕咕的啼聲。

「濕」本是訴諸觸覺的，布穀的啼聲是訴諸聽覺的，而雨下濕了布穀的啼聲，啼聲本不可濕，但作者用移就法，使啼聲濕——因而雙關地帶出「泣淚」來。這一段，作者是寫在雨中回憶江南，思念家鄉卻歸不得，而布穀鳥極似杜鵑，啼聲便有思歸之意，思家而啼而下淚是很自然的，但作者寫來卻這麼含蓄。由此可見，如果同時利用典故、聲音、意義等的雙關再造成移就，是極具感人力量的。

雨，該是一滴濕漓漓的靈魂，窗外在喊誰。

上例便是利用譬喻修辭法中的「隱喻」，把雨譬喻成「靈魂」，因而可以「喊誰」。後文有將雨譬喻成「強勁的電琵琶忐忐忑忑忐忐忑忑」，雖然用了不少形容詞，但仍不及此例效果大，便是因此例又以「喊誰」而擬人化，似乎呼之有聲，更能引發讀者視覺、聽覺的注意力。

連思想也都是潮潤潤的。

也許地上的地下的生命也許古中國層層疊疊的記憶皆蠢蠢而蠕……

……那股皚皚不絕一仰難盡的氣勢，壓得人呼吸困難，心寒眸酸。

以上三例都是利用修辭學中轉化手法裏「以物擬物」或「以物擬人」的方法，才特別富有感覺性。把「思想」轉化成物——以物擬物，於是才可以「潮潤潤」。「記憶」轉化成物，所以才能「層層疊疊」，能投入視線之內。但下文又轉化爲動物。「蠢蠢而蠕」，又具有動作的形態。「皚皚不絕」用以形容白雪，本是訴諸視覺感官的印象，經作者轉化爲「氣勢」而「一仰難盡」，再轉化爲「物」，可以「壓得人呼吸困難，心寒眸酸」。由以上例子可以看出，利用譬喻或轉化等修辭技巧，可以多方製造刺激感官的動作，而引發讀者豐富的想像。

文章中的感覺性，以視覺及聽覺爲主，嗅、觸、味覺爲輔。視覺的感官，是不論任何一方面的描寫都要用到的，而聽覺的感官，正因中國語言文字之具有單音綴的特色，在文辭中格外能顯出音節之美，所以也屢屢能派上用場。因此，文章能富有感覺性，取擷於有聲音色彩姿態的材料是很重要的。反過來說，想要欣賞文字的音樂性，便要尋找描摹聲音的文章，要欣賞文字的色彩美，便要尋找描繪景色的文章。「聽聽那冷雨」便是著重在「聲音」的調配上。隨手可以拈到例子，像：

> 雨是一種單調而耐聽的音樂是室內樂是室外樂，戶內聽聽，戶外聽聽，冷冷，那音樂。
>
> 因為雨是最最原始的敲打樂從記憶的彼端敲起。瓦是最最低沉的樂器灰濛濛的溫柔覆蓋著聽雨的人……

「聽」字一再重複重疊，「冷」字的重疊，都一方面可以狀貌，一方面又可以擬聲。此處，又跟「音」字呼應，使全句都閃爍著清亮的聲音。後一例是雙行並寫，從句型上便排列出句意來：句子很長，正配合「最原始、記憶的彼端」等長的意思。而「敲」字置於最末，正是跟句子的形式及意思配合得極恰當。後一例的雨「聲」就不如前一例清亮了。後半句「低沉、灰濛、溫柔」都是柔暖的聲音。這便是聲隨情轉，情由音現的妙處了。

但是，做爲一篇富有音樂性的文章，在音響的調配上，它固然要自成機杼，而被調配的這些文字的字質，作者也不宜全部就地取材。我們試看「聽」文中的雨聲：

「時而淋淋漓漓，時而淅淅瀝瀝，天潮潮。地濕濕。」、「瀟瀟的冷雨」、「疎雨滴梧桐，驟雨打荷葉。」、「急雨聲如瀑布，密雨聲比碎玉。」

形容七月雨是：「聽颱風颱雨在古屋頂上一夜盲奏」，西北雨是：「斜斜的西北雨斜斜，刷在窗玻璃上，鞭在牆上打在濶大的芭蕉葉上」，諸如此類，所用形容詞的字質都未能刷新。至於像「走入霏霏」「春雨綿綿、秋雨瀟瀟」，就更老生常談了。比較可觀的，試舉二例：

至於雨敲在鱗鱗千瓣的瓦上，由遠而近，輕輕重重輕輕，夾著一股股的細流沿瓦漕與屋簷潺潺瀉下，各種敲擊音與滑音密織成網，誰的千指百指在按摩耳輪。「下雨了」溫柔的灰美人來了，她冰冰的纖手在屋頂拂弄著無數的黑鍵啊灰鍵，把晌午一下子奏成了黃昏。

雨來了，最輕的敲打樂敲打這城市……

前一例利用移就法，前文已說過。此外，此二例將雨譬喻成灰美人與蔽打樂，很新穎。因此連帶使用的字質就比較有新鮮感了。

(四) 余光中散文的結構

文學作品必要有它自成機杼的縝密結構，散文亦然。散文的結構，大體而言，一篇之中，各大段落要互相搭配，聯成一大結構；每段又自成體系，形成小結構。其間如配置恰當，能使全文血脈流通，骨節靈活。但也有通篇構架完整，全文卻毫無生氣的；其間變化，運用之妙，存乎一心。余氏散文之結構，伸展自如，變異多端，因時空而制宜，然而結構之謹嚴，首尾脈絡編織之精妙，又爲此間翹楚，試以「地圖」一文觀之。

「地圖」是收在余氏文集「望鄉的牧神」中的一篇抒情散文。「地圖」是一個引子，由它牽引出許多身世家國之感。它同時也是個楔子，全文都藉著它來轉折。最後，「將新大陸和舊大陸的地圖重新放回右手的抽屜」將全文總收，跟開頭第一句：「書桌右手的第三個抽屜裏，整整齊齊疊著好幾十張地圖，」遙遙呼應。首尾結構，非常完整。在這中間，從作者擁有幾十張新舊地圖，牽引出新大陸、舊大陸。對新大陸，應該陌生，但新大陸的地圖卻使用得最陳舊；對舊大陸應該熟稔，卻只能「臨圖神遊」。夾在新舊大陸之間的是「島嶼」，卻是「無地圖」狀態，因為太小，無須使用地圖。另外，作者再插入對「畫地圖」的喜愛，也發揮了烘雲托月的功用。

全文分十四個小段落。

書桌右手的第三個抽屜裏，整整齊齊疊著好幾十張地圖，有的還很新，有的已經破損……最痛惜的，還是那些舊的、破的，用原子筆劃滿了記號的。

從「舊地圖」牽進「新大陸」。在異國，地圖就像他的太太，和他商量並陪伴他闖過五萬里路的雲和月。在內容上，一、二段是聯成一氣的。

第三段順承而下，是回到國內：

一年多，他守住這個已經夠小的島上一方小小的盆地兜圈子，兜來兜去，至北，是大直，至南，是新店。往往，一連半個月，他活動的空間，不出一條怎麼說也說不上美麗的和平東路……

回到「島嶼」，是無地圖的歲月，因為活動空間太小，行蹤太短，不須地圖指引。只是偶爾「文旌南下」，去中南部大學演講，才「逸出那座無歡的灰城」，但不久，又為了現實生活回到北部。

第四段承上段，「文旌北返」後在「灰城」做兩件有意義的事：創作及做「光源」。這裏，寫創作的意象是很值得翫味的：「把自己幽禁在六個榻榻米的冷書齋裏，向六百字稿紙的平面，去塑造他的立體建築。」「六個榻榻米的冷書齋」，又小又冷：「六百字稿紙的平面」也是既小又只有「面」。但在此塑造出的卻是突破小書齋與稿紙的「立體建築」。充分表現作者對創作海濶天空的抱負與自信。

做一個發光體，一個光源，本身便是一種報酬，一種無上的喜悅。每天，他的眼睛必成為許多眼睛的焦點。從那些清澈見底，那些年輕眼睛的反光，他悟出光源的意義和重要性。

創作跟教書，使他灰城之囚的日子有了意義。也可以說明他何以要回國守在這一方小盆地的原因。不過在結構上，這一段略有瑕疵。第四段是緊承上一段「文旌南下」後而「文旌北返」的。作者這樣開始：

這裏必須說明，所謂「文旌南下」，原是南部一位作家在給他的信中用的字眼。中國老派文人的板眼可真不少，好像出門一步，就有雲旗委蛇之勢。每次想起，他就覺得好笑，就像梁實秋，每次聽人濶論詩壇文壇這個壇那個壇的，總不免暗自莞爾一樣。

「文旌北返」之後，他立刻又恢復了灰城之囚的心境……

「文旌北返」以上云云，實爲廢筆。「文旌南下」並不是深奧的句子，無庸特別詮釋。這不僅是結構之疵，也同時破壞了行文的氣氛。全段如從「文旌北返」開始，便爽利多了。

另外，前邊所舉作者在冷書齋，面對稿紙創作「立體建築」，意象完美。但緊接著的是：「六蓆的天地是狹小的，但是六百字稿紙的天地卻可以無窮大的。」這附加的說明便是蛇足了。

第五段：

他所置身的時代，像別的許多時代一樣，是混亂而矛盾的。這是一個舊時代的結尾，也是一個新時代的開端，充滿了失望，也抽長著希望，充滿了殘暴，也有很多溫柔，如此逼近，又如此不清楚。

這一段，已離開前文，提筆陡起。寫時代的混亂與矛盾。第二句的結構也值得翫味：用一連串的排句，已能使文氣加強。在內容上，各排的句子又是正反相生的，在一氣呵成之中，又激盪產生波瀾。

在第五段中，作者用毛筆、鋼筆、粉筆分別譬喻借代了：傳統、現代與學院派。所有的筆都在爭吵：

毛筆說，鋼筆是舶來品；鋼筆說毛筆是土貨，且已過時。又說粉筆太學院風，太貧血；但粉筆不承認鋼筆的血液，因為血液豈有藍色。於是筆戰不斷絕，文化界的巷戰此起彼落。他也是火藥的目標之一，不過在他這種時代，誰又能免於稠密的流彈呢？

作者自己手裏就同時握有毛筆、粉筆、鋼筆。「他相信，只要那是一支挺直的筆，一定會在歷史上留下一點筆跡的。」這裏作者肯定了融合古、今、中、西文化的成果必然輝煌，也宣誓了作者的抱負。

以上三段都無一字涉及「地圖」，也無一句關聯到「地圖」，看似與題旨無關。但事實上，這三段是在「無地圖」的狀況下的。這四段全部事件都發生在「島嶼」上。在此之不須地圖前文已說過。在整個結構上，三、四、五段是連成一氣，從「地圖」上盪了開來，其媒介便是從有地圖到無地圖。在這盪開來之際，加入了創作、光源、文化巷戰等深刻的意義。

走筆到第五段尾，全文似乎被盪得太遠了。這裏，藉著其中一句：「不過在他這種時代，誰又能免於稠密的流彈呢？」又遙遙牽回到地圖上。第六段開頭：

流彈如雹的雨季，他偶而也會坐在那裏，向攤開的異國地圖，回憶另一個空間的逍遙遊。

「流彈如雹的雨季」一語雙關著文化巷戰，這裏很輕易的把筆頭引回到新大陸。把中西文明與民族性做了一個比較。

他將自己的生命劃為三個時期：舊大陸、新大陸，和一個島嶼。他覺得自己同樣屬於這三種空間，不，三種時間……舊大陸是他的母親，島嶼是他的妻，新大陸是他的情人。和情人約會是纏綿而醉人的，但是那件事註定了不會長久……

以上是七段的起筆，也很突然，可以說是「突接」，但仍有跡可尋。在下面接著寫的是：「去新大陸的行囊裏……他帶來的是一幅舊大陸的地圖，」顯然是從前段新大陸的地圖渡到舊大陸的地圖來了。前人講究段落承接，須有「嶺斷雲連」之妙，此處頗近似之。

他常常展視那張殘缺的地圖，像凝視亡母的舊照片。

至此為止，地圖對作者的意義是：新大陸的地圖是實用的，舊大陸的地圖是派不上用場，只能用來回憶的；而島嶼是沒有地圖的。

第八、九、十等三段也自成一大段落。寫作者喜歡畫地圖。第八段說他初中時就喜歡畫地圖：

一張印刷精緻的地圖，對於他，是一種智者的愉悅，一種令人清醒動人遐思的遊戲。

第九段寫他經常越俎代庖替人畫地圖，第十段是不僅愛畫中國地圖，更愛畫外國地圖：

他喜歡畫中國地圖，更喜歡畫外國的地圖……。

面對外國地圖，他的心境，「是企慕，是嚮往，是對於一種不可名狀的新經驗的追求。那種嚮往之情是純粹的，爲嚮往而嚮往。」

不論過去畫中國地圖，或外國地圖，作者表現的都是像對藝術，很純粹、很理性的喜好。而面對舊大陸的感情卻不然。爾後舊大陸的地圖已代表了舊大陸本身，其身份與過去中學畫成的中國地圖不同。所以說，前三段沖淡的情愫是用來烘托比襯後兩段激盪深曲的感情的。

第十一段寫作者逃難到四川時，他的「眼神如蝶，翩翩於濱海的江南。」後來日軍投降，他乘船回到江南，卻反而又懷念起四川。當「鐮刀旗又昇起」時，他漂到了「島嶼」。而今，面對著地圖，眼光又留連於「江南」了。最後一行，又一波折：「他更未料到，有一天，他也會懷念這個島嶼，在另一個大陸。」

這一段極其含蓄婉轉的道出作者對自己國土故鄉的懷念之情。作者是江南人，最懷念的應是江南，但在他回到老家時，又懷念起第二故鄉四川。在他離開大陸時，最想念的又是江南了，而當他離開臺灣到了新大陸，又想念臺灣。這種感情中輕重的層次，曲折道來，眞是峯巒層疊，波濤起伏。跟賈島的「渡桑乾」正是異曲同工：

客舍幷州已十霜，歸心日夜憶咸陽。無端更渡桑乾水，卻望幷州是故鄉。

作者頗喜賈島詩，此段結構靈感之得來，想必與此詩不無關係？第十二段緊接上文，從含蓄婉轉，筆鋒一改而爲直陳近乎議論的宣洩：

你不能真正了解中國的意義，直到有一天你已經不在中國……在中國，你僅是四萬萬分之一的中國，天災，你可以怨中國的天，人禍，你可以罵中國的人……當你不在中國，你便成爲全部的中國，鴉片戰爭以來，所有的國恥全部貼在你臉上……

這一段雖近似議論，但語氣極爲沉痛悲涼。

最後兩段是總收全文；既然不能身在舊大陸，便只能面對著地圖神遊。然而神遊無濟於事：「既然已經娶這個島嶼爲妻，就應該努力把蜜月延長。」這一段又恢復了含蓄蘊藉。在遍歷新舊大陸的神遊之後，很輕易的把筆收回到島上，回到現實。

於是他將新大陸和舊大陸的地圖重新放回右手的抽屜……他搓搓雙手，將自己的一切，軀體和靈魂和一切的回憶與希望，完全投入剛才擱下的稿中。於是那六百字的稿紙延伸開來，吞沒了一切，吞沒了大陸與島嶼，而與歷史等長，茫茫的空間等濶。

本來，整個鏡頭從廣大的神遊收回到島嶼的「抽屜」內了。卻接著又把自己的一切——軀體、靈魂、回憶與希望，投入稿中，隨著六百字的稿紙延伸開來，吞沒了一切。這裏，意象又浩大無涯，蓋過了島嶼、新舊大陸，而與歷史等長，與空間等濶。氣象何等雄偉。在整體結構上，末尾「於是那六百字的稿紙延伸開來」跟前面第四段「向六百字稿紙的平面，去塑造他的立體建築。」首尾遙遙呼應，綰合住全篇的結構。

結語

余光中的散文是當代「文人散文」的典型之一，也是重要的散文大家。本文係以余氏自一九六三年迄七四年五部散文集爲範疇，以其理論實踐、中國意識、感覺性與結構四端例舉探討，其全面性容或不足，但讀者亦可蠡窺余氏散文之梗概。對於余氏後期作品，當另文追蹤探討。

林燿德論

林燿德，側身現代文學的耕耘不過三年，已得過十四次文學創作獎。他已發表十萬字以上的散文，數百首詩作及多篇小說，目前還同時在數處報刊撰寫評論現代詩的專欄。以一個一九六二年出生的作家而言，有這種成績，實不能不令人刮目。但是，林燿德文學創作可貴之意義，不在於他對各種文類的努力嘗試、寫作的勤快、屢次得獎的被肯定上，而是他的創作，能突破五四以來，自第一代至第四代創作者舊有的道路。不論形式或內容，在八〇年代的今天，他那前衛的、極具開創精神的成果，實具有相當程度的啓發性。本文單論其散文創作，以見其一斑。

散文的發展，不論在中外，都是以論文始，且長期成爲主流。直到近代，西方的大散文家：英國的培根、羅素、藍姆，美國的艾默生，法國的笛卡兒，都以說理見長而被公認爲第一流的散文家。在我國，傳統散文議論敍事一向是主流，尤其論說文特別受到作者藝術匠心的雕琢。直到唐宋以降的山水遊記、明清閒適小品相繼崛起，仍未嘗動搖它穩固的地位。但五四新文學運動之後，情形大爲改觀，抒情言志的感性散文受到普遍的歡迎，早已取代論文的地位。其所以然，是因白話文學運動後，文學普及化，中下階層人士也參與文學的閱讀與寫作。風花雪月的怡情小品、柴米油鹽的幽默文章、生老病死的切身經驗，最容易打動人類與生俱來的感性能力，獲得共鳴。而論文這類知性文章，都必須具有高等的學養及理解能力才能欣賞接受。在古代，文學是高級智識份子的專利，他們要理解、欣賞、喜愛知性散文，是很容易的事。而今天，讀者羣的偏嗜、作者羣的向度，使感性散文如原上之草，離離蔚蔚。並不是說，感性散文沒有存在價值，而是說，它長久佔據散文的廣大地盤，恣肆生長的結果，等而下之，傷感、濫情、機械化的美感反應充斥於散文界。文學應是表現人類全面的世界，較高層次的感性散文，也只能探觸生命的某一部分。其他雜生的莠草，只有阻礙散文的全面發展。一位讀者或作者，若只耽溺於這一部分，可以說是接受精神的怠惰與能力的薄弱。

六十年來，知性散文在偏狹的角落裏，緩慢的滋長。哲理小品及雜文，以感性爲基調，處理知性的材料，前者如林語堂、梁實秋、言曦、吳怡、吳魯芹等。但哲理小品極易流爲說教佈道，成爲「勵志文粹」。魯迅號稱雜文大家，其早期作品，夾抒情、敍事，別具風格；後期政治雜文辛辣、諷刺，亦有特色。可惜論者咸以爲其距純文學已遠，僅存政治激情。另有學者型雜文，如周作人、王了一、錢鍾書等等，以其飽讀典籍，行文走筆，掉掉書袋，常能含英咀華。

純粹的論說文，如梁啓超、蔣廷黻、羅家倫、胡適之等，其說理清晰、條貫而深刻。論者雖名之爲傳知散文、論理散文，但嚴格的說，它們以辭達爲目的，厚實而不雅緻，其文學素質實過於稀薄。

時至今日，知性散文的範圍，除了哲理、政論、國學等，還可以擴展到物理、化學、生物等自然學科，及經濟、社會等社會學科。但在處理這些素材時，要極力避免寫成傳知的、論說的學術論文。也就是散文必須以文學的語言來處理，不能像專門性的學科論文，只作抽象的概念說明，而是要以專門性學科中的概念及語文爲素材，求具象的表現。科學，僅供給文學以材料。作家處理的重點還是文學本身。從這尺度來衡量前述散文，其文學的條件有許多是不夠充足的。

林燿德散文的素材，在人生哲學、生活點滴之外，已延伸到社會、自然學科的領域。最重要的是，他是自覺的，要以文學的語言來處理知性的素材，把許多概念及名詞與文學本身做有機的整合。所以，在他的散文中，不會有佈道、說理，甚至賣弄學問知識的現象。這種「自覺」性，在作者來說，是非常難能可貴的。

反映生存環境、時代面貌，一直是現代散文較弱的一環。感性散文，多傾向於個人的內裏，能向外拓展的，也僅止於鄉土田園的描摹而已。且七〇、八〇年代的臺灣，已由早期農業社會邁進輕、重工業發達的社會。工商業文明和資訊系統，吞蝕了大部分田園，培養出一座座屬於後工業文明的都市。都市，站在文明的塔尖，已是人類第二自然的極限，臺灣，已發展成都市島。一位三、四十年代出生的作家，成長於農村中，則必親眼目睹都市侵略田園的過程，生存環境的劇烈轉變，最足以刺激他的創作。但我們看到的，大部分仍耽溺於模山範水、眷戀田園，如若不是矯情造作，則是心情仍停留在農業時代，亦卽是不能面對現實的逃避心態。

五〇、六〇年代以後出生者的故鄉，大部分已是都市。都市是人類今天生存的最大空間。許多生於斯、長於斯，呼吸都市的空氣，享受都市富足的人，仍然會利用假日，逃到鄉間去撰文咒詛都市。這種矛盾的心態與行爲，對待都市是不公平的。而林燿德，是能以夷然的心，完全接納都市的人。他看到都市的正面，也看到都市的反面。所以，他是最先，集中火力，創作都市文學（包括詩與散文）的人。在「都市筆記」中「都市中的詩人」那節說的極好：

……整部人類文明史無疑將發展中的箭頭指向都市化的路徑。十八世紀末葉以來三度工業革命都使得歐美文學產生重大的變化，開始時詩人們根本無法面對冷酷單調的鐵軌，嘈雜呆板的全自動化一貫作業系統……這些素材迥異於千年來詩人所習慣的田園山水和行走盛裝人馬的古典城鎮……不過現代都市終究是我們生活所面對的現實……與其說詩人在適應時代、向終端機投降，不如說詩人正緊緊抓住時代的咽喉吧，他們已超越了那個時代——那個專門寫些像從「祈禱書」上摘錄下來的、歌頌連翹屬植物的肉麻文句的時代；他們進一步要擺脫千年來的隱遯和懷舊心態，而昂然抬頭，以人的自覺去前瞻和關切未來。

這是多麼剴切的夫子自道，是他創作的原則，也是一位眞正現代作家所應把持的方針。

文學家的關懷，在過去，能從一己小我，逐漸擴大，以至家國之思，民胞物與之念，拓展便已算到極境。但今天，二十世紀的文學家，會站在更寬闊高廣的角度，審視宇宙、關心全人類，因爲人與人、國與國之間的距離，已因運輸和資訊的進展而縮短；大我範圍的擴張，拓展了現代文學的領域。林燿德的創作，包括散文、小說，尤其是詩，呈現他個人博大的關懷：試圖透過文學，從科技文明、人類歷史、戰爭、科幻、性靈、自我等各種角度，來探索現代人在浩瀚宇宙中的確切坐標，並嘗試予以定位、斷代。

這樣雄偉的關懷，實是了不起的企圖，且不僅只憑愛心、關心就能奏效，還需要學問與識見。人類從太古到今天，經歷了二十世紀的歷史，逐漸演進的文明，至目前，人文、社會、自然等科學的發展成果豐富了人類，也複雜了人類。一位視野遼濶的作家，實不能不在學識上努力做科際整合，他才有資格有能力去認識現代人類眞實的面貌、心靈的疑惑、存在的困境，並設想出解決拯救之道。

林燿德的作品，使人驚訝的實不止於他的「雜學」之博，取材廣泛，行文時左右逢源。最可貴的是，作品透露出他對人類生存處境恒久的興趣，對各種學科強烈的求知慾，與理解能力。二十三歲的林燿德，今天所吐納的「雜學」，未必足以洞察二十世紀人類的全貌。但持有這種知解的興趣，十年、二十年後作者的成效，實未可以道里計。

林燿德具有創作都市文學的資格，是因爲他能接受、認同都市，才能眞正關心、介入都市，才有能力認識、批評都市。在「都市的感動」中他道：

……我感懷於這個城市的碩大無朋、包羅萬象，而痛立下一生的志氣……臺北是「大人虎變，君子豹變」，一日有一日的變革。而我的心意卻如古槐古柏凍結在時空中的瑰奇身姿，竟自要與天地歲月同雄。如王藍田的大器晚成，而我生命中的竹節，是化龍形狀已然依稀。

在都市成長的作者，如此面對都市正面的意義，提昇自己，壯大自己，從其他篇章，我們不難看出他對都市具有入乎其內又出乎其外的超然態度，如同他在「都市的卮言」裏對工地的態度是好奇，「這種好奇是超越了喜愛與厭惡的、一種介於非理性與理性間的關心。」這種態度，使他能客觀地從不同的角度，觀察都市、理解都市、把握都市的脈息。在都市的病歷中，思考、判斷、鍼砭。

二十世紀，都市島的中樞區域臺北，在作者筆下呈現最大的現象便是各種矛盾。最根本的矛盾是人類追求文明而又不能放棄自然（文中多以大地爲代表）。都市的發展，明顯的隔閡了人與土地。柏油覆蓋了所有的泥土。當流動的人潮穿梭於路面時，只不過成了「都市流動的紋身」（「幻」）。都市的孩子，只能懸在公寓的鐵窗裏豢養：「三個不滿六歲的孩子被條紋鐵窗劃割成無數部分，六隻立體的小手戲劇化地伸出規整的框格，像一幅嵌在鋁緣中的超現實小品。」（「目擊者」）都市佔據的空間逐步擴大，但人類足以讓身心活動休憩的範圍反而日漸縮小，「都市人把公園當作大自然濃縮成的藥片」（「在都市的靚容裏」），在都市，唯一能有依隨大地的感覺只剩「住一樓眞好！」（「住一樓眞好」）了。

人類追求文明的本意一直沒有變，要提昇生活，人是最好的說明。不論是普洛米修斯還是燧人氏，把火帶給人類時，就開啓了文明之門，也帶給人類大大小小的毀滅，從小型火災，到一次世界大戰的炮火，二次大戰的原子彈，及正威脅全球的核子之火，「火之卷」深刻的指出文明與毀滅看似相反，實則相依附的矛盾。

物質文明與精神腐朽成反比的拉鋸戰恒存於都市。作者數次用雄偉的大廈代表都市文明：「一座座矗立的建築，好似正在晨禱，但是誰站在這碩大、無言的都市裏，都可深刻地感覺到：這一切正是文明的本身在說話。」（「在都市的靚容裏」）文明是值得驕傲的，因爲它的努力，到了「二十世紀中葉，不明區域的神話業已完全消聲匿跡，全世界的每一寸土地都被詳細地勘察、測量。」文明的功能發揮至極，但作者筆鋒立刻急轉直下：

不明區域果真完全消聲匿跡了？不，並沒有，不明區域是一種絕症、一種不死的惡魔，她已經以另一種面貌出現人間。人類投下無數財產和冒險家、宗教家的生命，好不容易在廣邈的砂漠和冰原上塗去這條註腳，回頭卻發覺，不明區域竟然又出現在我們最熟悉的都市裏頭，並且超越地理、深及心理的層面。（「幻戲記」）

這一段很可以看出作者如何運用文學的語言，表達作者觀察文明功過成敗的結論：「世界似乎仍然沒有停止轉壞的意思」（「都市的卮言」）。

都市心理層面的不明區域，確然成了文明之癌。作者仍然直指其矛盾的核心。都市人的生活表層是熱鬧甚至過分緊湊的：

> 躍下種類不一的公私車輛，不同職別、不同階層的奮鬥者紛紛湧入各個商業辦公大厦，這裏一樣充斥著戰鬥般的氣氛，時間就是商業的生命——當打卡鐘聲清脆地在耳畔響起，隨著走向辦公桌的步履，一日的職業生涯已開始倒數計時。（「在都市的靚容裏」）

緊張而機械的生活造就人類疲憊而木然的心靈。「都市新語」中「自動販賣機」一節成功的表現這個主題。作者讓霜淇淋販賣小姐與自動販賣機並舉，前者偶而會有職業性的微笑，後者則「謹守禮節，不會失態，因爲他們沒有表情」，有著「冷漠的，不容易故障和失誤的忠實」，「永遠保持著投幣口上，那一圈金屬的沁涼」。販賣機與販賣小姐並舉的意義正「顯示文明的趨勢」；機器能成功的取代人力，所以他們所扮演的角色：「到底是都市的景、還是都市的人物？」這種結論已然令人怵目。但作者在結尾給人更驚心的一幕：

> 在一個美好的早晨，你站在面臨六線大道的玻璃帷幕大厦中，拉開厚重的紫色毛料窗簾，發現龐大的人潮正通過斑馬線，大家都趕著上班，你忽然想起Pgarnia的一則極短篇：一個懂得知心術的女孩在大厦裏望著熙熙攘攘的羣衆，竟然沒有讀出任何資料，她只好據實告訴身旁的老板：「只因為大家都沒有在思考。」

在另一個美好的早晨，你同樣站在面臨六線大道的玻璃帷幕大廈中，拉開厚重的紫色毛料窗簾，也許，也許你會發現龐大的自動販賣機羣正通過斑馬線……。

機器不但完全取代了人，更駭異的是，完全「沒有在思考」的人，已是木然的、無心的機器。販賣小姐與販賣機並舉的意義至此達到高峯，文章便戛然而止，留給有心的讀者無比的沉思。

販賣機的寓言，畢竟只是作者深刻的嘲諷。如若人類終於變成道地的販賣機羣，情況可能好些，不幸，人類天生需要溫暖的本能未嘗退化，只是事實的發展總朝反方向：「都市面貌的日新月異，把人鍛鍊得冷漠」（「在都市的靚容裏」），人類的沉重悲哀，無法由機器取代；冷漠，是都市的精神本質。作者數度以貓爲題材，正是借用「牠們那種看似高貴的冷漠，正是都市精神的所在」（「都市的貓」）。在「都市的貓」裏，「我」引逗著一隻落單的、恐懼的、猜疑的幼貓：

當牠閃亮的圓眼珠漸漸變得充滿依賴時，我的同情心也就到此爲止。「遊戲已經結束了。」我向焦急地跟隨的小貓說，然後大步離開。

這眞是都市人際關係最佳的抽樣寓言。所以「孤寂是都市人共通的命運」（「在都市的靚容裏」）。

文明，眞的已判決人類的死亡嗎？作者並不這麼認定。他並沒有忽視文明的正面意義。在「都市的感動」裏：

……有兩座連體嬰似的大厦纔剛完工，象徵著文明的龐然大物，如兩枚暗黑色的火箭矗立夜空，沒有燈火，也沒有人煙。埃及的人面獅身不正是如此地坐在砂漠上麼？我們張口仰視，彷彿歲月已老，而身在千萬年後，垂憐著古老文明的奧妙，卻又震懾於它的強大。

作者肯定新世代的文明，將與古文明，同樣不朽。雖然在締造文明的過程裏，不免留下許多後遺症，但以人類的睿智，並非不能補救：

現代文明的臺北，現實而刻薄，到處漂浮著金錢和肉慾的泡影，黑暗並不因艷陽的批判而成爲信史，相反地成爲一股緩緩的脈動，流行在都市的每一個角落。然而正義和愛心，仍擔任了白血球和紅血球的功能，在都市的血液裏帶來防衛和活力。民間傳統豁達的民族性並未盡失，也非人人都淪落爲心胸狹窄的小市民。（「都市的感動」）

在都市進步繁榮，整齊秩序的靚容裏，卻存在著難以解決的文明苦果——擁擠、罪惡、噪音和污染。「都市呵，交織著文明和無明、交雜著希望和失望、交融著理性和謬性……」我默默地想，靜靜地等待著面前今夜的曇花。那曇花的葉，向無垠伸展；

那曇花的花瓣，開，開，輕輕盪開，在無垠中盪開。（「在都市的靚容裏」）

減少都市文明負面的殺傷力，拯救人類精神的枯竭，作者認爲，人類全力以赴，則情況仍然非常樂觀。但後文以曇花爲喻，則是對人類的決心與誠意，不無懷疑。

林燿德的「幻戲記」，實爲林氏系列探討現代文明的佳構之一。「幻」文受後現代主義，尤其是 Magic realism 的影響，雖然以散文的體裁來呈現，但它所包容的內涵卻超越了散文，甚至小說的負荷量。一般作品，能將主題由點的集中，乃至拓展爲面的擴大，甚而以象徵的方式呈現一對一的關聯來含蓄表達意蘊，已屬難得。而「幻戲記」卻不但跳出點線面，且超越單純一對一的象徵關聯，從多個角度，互相撐持，使意義不僅多元化、且立體化，所展現的意旨，猶如不斷衍生的層層花瓣，圍繞著花蕊運轉；瓣與瓣之間夾著向核心螺轉的一道走廊，超越了三次元的時空，引領讀者走向糾結著眞實與幻戲的心靈領域。眞是一篇內涵飽滿而體式精巧的散文。

「幻」文的表層情節非常簡單：「我」要爲家中的白貓「H」找一隻黑貓，結果失敗了。整個搜索黑貓的過程貫串全文，其中大部分寫實的文字與少部分超寫實文字如：老舊社區的實況與足跡化爲黑貓等形成突兀的對比，暗示本文的意蘊是超越字面的。

尋找，是本篇最鮮明的主題。而貓的冷漠、無禮，正足以類比現代的都市人。且白貓需要一隻黑貓爲伴，也證實人類原始相濡以偶的需求。尋找的失敗，正說明現代人生是一連串沒有結果的尋覓歷程而已。文中的白貓、黑貓，甚至花貓，所指涉的無非都是「現代人類」，所以，更進一步說，文中「我」卽是貓。黑、白貓正是「我」一體的兩面。H是都市中供養的白貓，它的顏色、名稱，與被豢養的事實，都代表都市人「我」心靈(Heart)的閉鎖，孤寂、無助(Helpless)與空洞。而黑貓，它具有與白貓完全相反的性格——「眞正有野性的無主黑貓」：「沒組織、獨來獨往，吃著猥瑣的食物，民主、不善被干涉而且不在乎任何人畜」，黑貓充滿了野性、反文明的原始活力。至於一般泛泛之衆，則是木然的花貓。牠們身上不純粹的「雜色」並不如「黑白貓」的對立矛盾，而是代表一種渾沌。它們「絲毫沒有貓應該具備的敏感」，病懨而懶散，「在無數世代的混血之後，都長成一個模樣」。花貓所象徵的，正是大部分雜色的、不純粹的人，一種被都市化的動物，早已喪失生物本體所應擁有的眞善美，只是在自我與環境不斷疏離與異化的過程中，不自覺的活著而已。

「我」對花貓的譏嘲，十足表現他個人的優越感。他不甘於只被都市豢養成雪白的寵物，所以要尋找具備「柔和卻極爲挺直的脊骨」的黑貓：「銅褐色的瞳仁，正流露著沒落貴族的神氣」跟文尾黑貓之再度失蹤，一再流露出黑貓的特性難以被保存下來。但是，與其說「我」是一隻白貓，毋寧說，「我」更願做一隻黑貓；當他們相遇時，「透過眼神，我們彷彿互相汲取著靈魂」，且「兩者的靈魂確實可以並立在一支最小號的繡花針頭上」；更重要的是「在他的瞳仁裏，映出了我潛意識中獉狉未啓的原始」，乃至最後，「我」發覺「我所留下的每一根虛線都已化做一隻靜臥的黑貓」，從寫實到超寫實的文字，都一再綰合黑貓與「我」的關係。

黑白貓是同體的，但從另一角度來看，又是對立的，分明是「兩個不同族類的生物」。

這裏呈現人類生命的弔詭困境。「我」要尋找自己遺失在都市文明中的自然天性。終於，黑貓出現了：

　黑貓。
　在前方。
　他蹲踞在前方。

這裏的文字安排極具巧心，把黑貓的出現分隔在四段末尾，五段的開頭，除了足以呈現其顯豁之意，在全篇都擅用長型的句式中，連用三行極短的句子，無非是要製造突兀之感。從前一段「我」猶找不到出路的紋理，到黑貓之豁然出現，可知黑貓並不是「我」運用智慧尋覓出來的。這已充分給人無法掌握的無可奈何之感。緊接著，第五大段，當「我」抱著黑貓要走出那「老舊社區」時，黑貓立刻狠命跳脫而去。這證明黑貓無法被飼養在都市中，也說明，人類在都市裏不可能保留原始的獉狉未啓的自我。所以「我」留下的一切痕跡只是「虛線」，它化成的黑貓，實是無法掌握的本我。

「我」在本文所扮演的角色，不僅是要尋找迷失的自己，且試圖重建一個新的系統世界、新的秩序，或者，拯救僵局中的人類。第三大段「我」想用碎磚塊替「矮屋」編上號碼：

1、2、3、4……我一邊走，一邊停下來，在灰色的壁面劃上磚紅色的數字。

用「磚塊」書寫在灰色壁面上，給人極易剝落的聯想，便可知這種意圖的悲哀，努力的無效。其次第二大段一開始，就以特敍斯自比，那正是希臘神話中兼具智仁的勇者。「我」面臨的既不是牛首人身的邁諾陶，就不必帶著能指引他出路的線球。但，「我」分明是個「走路帶著虛線的男子」，他尋求拯救的意圖是很確鑿的，且一開始便運用了智慧，先從一棟大厦頂樓上仔細觀察過地形，更擁有一份手繪的都市地圖，以便充分掌握都市明暗地區的內容。但是，實則不然，他的淑世精神，本如特敍斯進入迷宮解救十幾位青年男女一樣；他走路帶著虛線，也像特敍斯「只要握住端點，就能把我從這個區域中拉扯出來」，精神與方法二者並無二致，且似乎，他應該比特敍斯還要容易從迷宮中逃出；但是緊接的一句：「然而我的端點在那裏呢？」立刻造成頹勢。在這第三大段的首末二小段，文字完全重複：

我依舊在巷道裏兜著圈子，並且試著從門牌上的文字與號碼探究出路的紋理。

在作者絕不輕易重複文字的習慣下，這兩句首尾的複疊，正是刻意的強調探索「出路」的失敗，這該是承接「端點」的迷失吧！

人類的智慧，何以不能爲困境探索出路呢？本文提出更大的一面：文明中的都市主題，全篇開始，在第一大段，便給讀者一幅都市的鳥瞰圖。都市的外圍是多麼富麗堂皇，而逐漸向中心凹陷的巷道所構成的老舊社區，正是都市中的黑暗盆地，代表著都市最低窪最弔詭的眞相。這一段，作者把要投射的觀念，很技巧的跟實體世界造成若卽若離的微妙關係。緊接著第二大段，帶領讀者進入都市文明中最冷漠的部分。在此，冷漠的現象和本質貼合爲一，呈現一種最眞實無僞的漠然世界，灰暗濕冷的窄巷象徵著世代人類生命發展的侷促與前途的窘迫。最可悲的是，人類不但世代，且一再重複的迷失自己，更淒涼的是還要互相疏離。第二大段的第三小段，便專力於人與人間的疏離感：

> 我繼續容忍許多隱藏在房子裏的各種目光……茫然地注視著我……我發覺自己在這塊土地上是個真正的異類……可笑的是，我曾經愚蠢地向H尖聲宣稱這個都市是我的故鄉。

作者極力肯定，卽令我們努力想示好同化，也不可能打進別人的內裏。而「我」卻向H宣稱「這個都市是我的故鄉」，這種反諷的語言，正指陳現代人沒有故鄉的悲哀。

由現代人類心靈的閉鎖、疏離，作者再擴大範圍，直指文明無法突破的「不明區域」，這名詞原是十九世紀以前地圖上的標示。在大探險與殖民的時代，「不明區域」標示在南極冰原、撒哈拉砂漠……，它們令人類好奇而興奮。文明，逐漸揭開這些「不明」的面紗。所以到了二十世紀末葉，傳統的不明區域神話已完全消聲匿跡。但都市的不明區域卻如癌症般，在無可理解的情況下，逐漸擴大、惡化，「並且超越地理，深及心理的層面」。閱讀至此，便知作者意中筆下的都市，已非一個地域的界定，而是一種普遍精神的存在，「不明區域」，是二十世紀人類最難對付的敵人。

「我」面對人類的諸多困境，卻並未繳械投降。文尾他對H承諾：下次一定替牠找一隻最好的黑貓，表示他不放棄的精神。而第三大段第五小段，「我」不再因爲都市夜空裏找不到完整的星座而困擾，因爲他要「爲都市的天空繪製全新的星座盤，創設全新的神話」。全新的神話，究竟是不是一場全新的悲劇，或者眞的能夠有全新的突破？當然，連作者也深知那是未知數。但這種精神，確然是「我」——也是高智慧的人類，永遠具有的嘗試的前衞精神；勇敢的實行家，必將帶給人類希望。所以，本篇在文中兩處振起文勢，使全篇雖然帶著悲哀但並不絕望。

在處理散文的形式時，林燿德也表現他自多種角度去嘗試的實驗精神。在他的散文裏，也有少數抒情性質的作品，如「通學」、「第一現場」等。這種現象，說明知性散文與感性散文原不必對立，只不過感性散文在意象構圖上要較爲鮮麗、情感意念要特別深切，它可以較主觀，甚至能容納部分偏頗。「紫色的警句」則是對哲理小品的嘗試，實在說，類此經過提煉的警句，在每篇文章中都不難發現，那是作者文字的特色之一。

作者的文字是科學的，總是經過高度理性的檢驗；洗鍊而精緻，看起來收放自如，實際上嚴密而謹愼。時常驅遣經過琢磨的、精鍊的長句，卻總不會有複沓之感。如若一組長句中有重複的字出現，必然具有因重複而產生的特別意義。而當濃縮的極短句出現時，又造成高度特別效果。如「火之卷」第二大段有七小段，前六小段每一句開頭都出現「火」字，在視覺上使讀者產生處處有「火」」，已配合這一大段的主題，要從不同角度介紹火的不同形態、性質、特色。第一小段：「火，閃爍、跳躍、滑動、游移，只要有足夠的氧，在任何時空中都能爆裂出輻射狀的光芒。」標點的適度運用，使句子在形式上能配合意義。

作者數度敍及死亡，很可看出他能在不同場所，駕馭不同風格的文字。「一串充滿哀傷的行列」一文，敍述都市出殯的隊伍，是十足嘲諷的文字，犀利如鋒刄。「第一現場」寫一個小女孩之死，全然抒情哀傷的調子，迥異作者系列「都市筆記」冷峻的風格。「火之卷」敍寫火災中的死亡，運筆緩慢、深沉，仔細而客觀的放大死亡的景象，使人驚訝作者如此善於處理「非經驗」與「異常經驗」的題材。到了「寓言三則」中的「電梯門」時，處理死亡，已是小說文字。

林燿德散文的結構，實驗性更高。作者受到日本作家安部公房、法國導演雷奈的影響頗多，部分作品呈現解構的處理。解構並非無結構，後者是不會經營；前者是有心拆除表面結構，使段落間不再呈明顯有機的搭配，意旨間也看不出確切的流程，讀者無法一目瞭然。解構須視處理的題材而用，例如科學文明，打破了大自然的循環法則，使都市呈現片斷、瑣碎而雜亂，人類的生命也被割裂。所以，表現都市的散文也可以是片斷的。想來，這便是系列「都市筆記」、「行蹤的歧義」、「紫色的警句」等文，在解構意識下，產生片斷綴輯的結果。也許作者有充足的理由這樣做，但筆者認爲，它的實際效果實不如「都市新語」、「都市二題」、「都市的卮言」等文。後者在一篇之內，也容納幾個短篇，其間可以互相掛勾的，便是都罩在都市的內涵之下，同時，作者在處理其中每一短篇時，它本身的結構都相當精緻圓融，「都市的卮言」最可爲代表；但是，它還不及「寓言三則」成功。後者三則短文都是處理現代都市裏的上班族，以他們的必經之「門」：「電梯門」、「家門」、「未知次元的門」（心靈之門）來探討人類在上班、家庭及心靈的困境。不僅單篇的寓意表達深刻，三則間的母題又能緊密掛勾。

「火之卷」、「樹之卷」等文，是作者以一般性結構的要求下，寫出的成品。所以，看起來較爲中規中矩。「火之卷」最爲典型。火，由小而大，由遠古而現代，由正面而反面，節節升高；最後在核爆的宇宙之火威脅下，戛然而止。作者安排的經緯脈絡，歷歷可尋。從「都市的卮言」、「寓言三則」中各小則的處理，到「幻戲記」，已接近小說的格式。再看作者近作「白堊魔堡」已具有典型短篇小說的架構。由此可以略窺作者處理結構，由散文而小說的歷程。

林燿德的散文，決非「可口可樂」型的散文。甚且可以說，它相當不易被大衆接受。一則因他的知性散文，缺少作者自我的人格、風格、個性與情感的流露，一反「文格卽人格」的散文觀念。可以說，作者想反映的，並不是小我一己的生命情態，而是大部分人類的生命。所以，在作品中的「我」並非感性散文中的「作者」，他僅是人類的抽樣代表。這種缺乏個人色彩的散文，讓讀者不能如見其人、如聞其聲，想像其行止謦欬，這是許多讀者不習慣而難於接受的。二則，他的散文，文字雖然洗鍊精緻，但並不表示能吸引人。因爲這只是骨架，他的肌膚是瘦削的，故他散文的本質是冷漠、乾燥而堅硬。他受到安部公房等前衞作家的影響，作品的基調是沉悶、肅穆、冷靜，「幻戲記」、「寓言三則」皆爲代表，雖屬上乘之作，但讀者必然不多。三則，知性散文作者學域較博，當處理某學科的概念及專門術語或名詞時，往往須直接與文字結合，不能像一般論文，先行詮釋，或者在後邊做注。所以，當這些特殊字眼出現時，一般讀者會產生閱讀上的隔閡。例如「寓言三則」中「電梯門」的主角，自乘搭電梯時，想及叔叔、堂弟都活活被震死在斷了纜絲的電梯中，因這種恐懼而心臟病發作，當他死時，胸前的項鍊盒裝的「硝化甘油錠」自半開的盒中撒落了一地。這最後一句話，給讀者許多訊息；原來主角患有心臟病狹心症，所以隨身攜帶唯一能臨時急救的藥品「硝化甘油錠」。胡璉上將即因大笑時，不及掏出胸前項鍊盒中的藥而辭世。本篇暗用此「典故」，省去不少筆墨，必須了然於此，才可看出這篇象徵性極高的寓言，其文字之精省。四則，林燿德的作品，實驗性高，變動性大。其價值很難在一兩篇文章中可以窺見出來，就不容易在三兩招內，打入讀者心坎。更重要的是，在文學的創作上，一向，前衛作家的行徑，總被傳統保守者視爲標新立異、譁衆取寵。林文中，如過度的理性，甚至反感性、反傳統結構等實驗，是不容易被大衆所認同、接受甚至歡迎的。

如若排除了以上諸項困惑。在知性散文的耕耘中，筆者尚有幾點芻蕘之見。首先在檢視作者所有作品的篇目時，讀者不難發現相當特異的現象。新詩作品的篇名最爲新潮而多樣：「光年外的對望」、「線性思考計劃書」、「不明物體叢考」、「人類家族遊戲」……等等，詩與題的搭配也相當縝密。他的科幻小說「雙星浮沉錄」與戰爭小說「白堊魔堡」也屬這類性質的設計。而評論文章，如「火焚乾坤獵」（評羅門詩）、「看騎鯨少年射虎摘星」（評陳克華詩）、「生命場上的蒔花女」（評陳斐雯詩），在題目上已表現作者彪炳的才華，即令較平實的立題如「陽光的無限軌跡」，也因爲配合被評者「向陽」之名而顯得雖通俗仍見巧思。但作者的散文篇名則不然，數度使用「都市筆記」爲題外，其他如「都市的卮言」、「都市新語」、「都市的感動」、「在都市的靚容裏」，各篇名之間實在也可以互換，也就是篇名與內容扣接不夠緊密。而較緊密的如「都市的貓」、「火之卷」、「樹之卷」又止於平穩。「第一現場」、「行蹤的歧義」、「幻戲記」才是成功的命題。它不僅如「火之卷」等，只是內容與題目間做平面的呼應，而是立體的、互相影射的。如果說，「都市筆記」等之爲名，是爲了配合都市之雜亂、片斷與瑣碎，筆者實不以爲然。作者分明有才華，足以使二者形成有機的巧妙搭配，更能發揮題目的功效，就不宜輕易放過。

其次，寫作取材於學識，創作資源固然取不盡，用不竭，但有時因知識太多，行文走筆，左右逢源，很容易收留了一些非必要的材料。「都市筆記」偶有此等現象。再就文章之可讀性言，作者固不應降格以求，迎合讀者味口，但也不必一意排斥具有媚力的素質。知性散文，實可以在理趣上加強建設。在冷峭、瘦硬之外，豐腴沃美，必也能散發理性的光輝。

都市既然是科學文明的最後空間，故作者取鏡，便籠罩於都市的斷層裏。但，都市畢竟不能涵蓋文明的範疇。在一系列以都市爲主題的作品之後，作者鏡頭實可以適度轉移，大至國際局勢、太空科學，小至家庭學校、貓狗動物等等，重組一個系列的專題，不但取材可以移位，又可樹立作者獨特的風格。

作品富於實驗性，表示作者正在探索最適宜走的路，就應該有自覺：如何努力於最成功的嘗試、尋覓最該走的方向，而不是，永遠只做探險家，此亦頗值作者深思。

知性散文在我國現代文學，開墾極少，地位尤未被肯定。因此，我們很高興見到林燿德這種散文怪傑。就他個人而言，目前的創作，最可貴的意義不在作品本身的評價，而是它所透露的訊息：高度的開拓性、可塑性，及作者呈現的敏於觀察，長於深思，強烈的求知慾等等，有這些本錢，可展望的是無可限量的前程。對現代散文而言，他可貴的意義，不僅是爲散文開闢出一條新路，而且也提示我們，還有更多的方向，足供創作者去尋找、開墾。例如從他法學院的出身，可以讓我們認知，耕耘文學的園丁，不再只是大學文學系出身者的專利。反而，文學，會因工商農法醫各科人才的參與，面貌必然更斑爛、內涵必然更壯潤。這是最令我們欣喜，而衷心期待的。

言曦「世緣瑣記」

人生縱有百態，但身邊的人總離不了父母妻子兒女朋友；世事儘管滄桑，但一己的遭遇恒不外悲歡離合生老病死。就大時代來看，人生只不過表現幾個類型的共相；但就一己的小生命而言，卻是一沙一世界。宇宙就是構造得這麼好，既有這些共相讓你有惺惺惜惺惺的喜悅，又有單獨給你的世界來敝帚自珍。

文學反映人生，因此表現這「共相」中的小世界便恒具價值。「身邊瑣事」也就永遠寫不完，永遠也讀不厭。

「世緣瑣記」向有「現代浮生六記」之譽。這六記的標題都只用一個字，非常醒目：「伴、子、姐、娘、長、友」，分別寫夫妻、父子、姐弟、翁娘、尊卑（古之君臣），朋友之情，恰好包括人生五倫的「共相」。對於這六記，出生於一九一六年的作者都是經歷長時間觀察，反覆沉潛體會而後下筆的，跟許多人邊看邊寫不同。很像是作者對自己半生五倫關係的總整理，挑出足堪代表的人物來，因此取材很是嚴謹。以「姐」文而言，作者兄姐達十一人之多，卻獨獨描摹二姐。「長」跟「友」對作者來說，應是比比皆是，但兩文都特別集中「火力」，六字一個人，效果更大。所以讀了「長」文令人肅然起敬，而「友」文使人油然生愛。

表現在「六記」中還有一個特色，作者寫抒情散文卻很會分析歸納，這固然是作者經長時間觀察反省才下筆所致，同時作者時常撰著論文應也不無關係。像「伴」文寫妻子的三大奇蹟，四類家法，「媳」文之對兩代女人的比較分析，而以「友」文對詩人的兩大矛盾、四大缺陷最能寓諧於莊，寓深理於淺文中。

「六記」的表現方法都一致，讀者可能因「身分」不同而會有見仁見智的偏愛。我個人便特別喜歡「子」、「友」兩篇。「子」永遠有挖掘不完的寶藏，是散文與詩最好的題材。這一方面是因父母對子女的關愛無以復加，觀察特別仔細，感受特別深刻。同時也因孩子所保有的赤子之心遠比成人豐富，越小的孩子越集眞善美於一身。基於赤子之心而做出的行爲有些明明是越軌，在現實中甚且使父母擔驚受怕的，在文章中卻十分可愛。像「子」中的老二在中學時，領導同學跟一羣太保「抗戰」：

……坐在計程車裏督陣，警伯來了，別人都一轟而散，也顧不得招呼他，他又是近視眼，要等警伯走到面前，才能看清楚是什麽人（我不知道這樣如何能督陣），結果捉將官裏去，關了一夜。

這位小將之好，不在他後來聽了父親一句話而「改邪歸正」，乃是他在「身經抗戰」中「融入」而無視於警伯的那種精神。

書中的「友」，也純然是懷赤子之心的人。作者引介這位「友」人，方法很特別，先歸納詩人具有的兩種矛盾氣質：

> 一是孤傲，不屑與俗人交，也不很合羣；二是富真性情，一旦結交，則久而彌篤，不隨財勢的遷異而變更。詩人在『內蘊』上皆有其極可愛之處，但多年在『外形』上有其不很可愛之處。你必須穿越或無視『後者』，才能窺『前者』的堂奧而長沐春風。

接著便引介「友」的四大「後者」，讓讀者「穿越」：㈠好擺龍門。㈡不敬老尊賢。㈢計劃多而實現少。㈣長年獨身未娶，年逾半百猶慕少艾。這幾個缺點，正是詩人的特色：固執、貞率、喜好形於色，理想與感情一樣豐富，但行動與毅力不能持久。作者寫他不敬老尊賢及對作者的坦誠相見一段最爲可愛。

這本「新浮生六記」，寫自己倒少，附錄的「英年早退」總算以作者爲主角了，稍可彌補一、二。可惜是從「早退」的「英年」寫起。對作者前半生，讀者只好從前六記及附錄、年表上補綴個大概了。

讀書本有苦讀與樂讀兩種，爲考試而讀，爲寫報告而讀，爲分析研究而讀，往往難免於苦。爲消閒而讀，欣賞而讀，爲感性而讀，輒常收讀書之樂。我讀「世緣瑣記」便純粹以感性來讀，對作者抒放自然的文筆甚感可口，也頗心儀作者善於歸納分析條舉而不枯燥的技巧。還有些適時而出的評言，也像味素般能增加滋味。不過作者在行文中特別喜歡用括號夾注，使我深覺多得「礙眼礙心」的。以「件」而言，便用了二十一個夾注。這樣三步一夾，五步一注的，有時候不免產生「複疊」現象，似乎有刪掉的必要了。

附錄第二章「年齡與女性美」跟「世瑣緣記」比較沒有關係，我個人也較不能鍾情此篇。朱自清「女人」一文說的好：「所謂藝術的女人，有三種意思：是女人中最爲藝術的，是女人的藝術的一面，是我們以藝術的眼去看女人。」女人中最爲藝術者可遇不可求，但以藝術的眼光來看女人藝術的一面，則各人所好所見，必美不勝收。女人隨年齡成長會表現出不同層次的藝術美，觀者也因閱歷日增而收穫不一。「年齡與女性美」是一個很好的題目，但這篇文章雜了些。

寫「浮生六記」式的文章，人、事只是骨架，情感才最重要。作者在「姐」文末段說：

> 生而有幸，得姐如此，她卽使不是完美，也是新舊交替時一位接近完美的女性，在平凡中見其不平凡，在世態紛擾中見其純善的『夙根』。

其實與其說作者表現乃姐「在平凡中見其不平凡」的事蹟感人，不如說姐弟深情打動了讀者。寫身邊人物，尤其是自己的父母妻子兒女，最忌寫得讓人覺得「老王在賣瓜」，但揚親之善，本諸天性，所以要在「情」上下功夫，才能使讀者又敬又愛；如不避諱親人的大小缺點，還會使讀者覺得親近。「浮生」文學，確是一片未完全開發的沃土。

張寧靜「春意」

「春意」是一本感性十足的散文集，在目前，以感性散文掛帥的市場上，如果出版商或者傳播媒體略費心思，計劃推動，「春意」將如其他暢銷書般，立時洛陽紙貴。因此，流行的通俗散文也值得我們注意，「春意」是一個抽樣。

從資料及作品中，可看出本書作者張寧靜，是一位感性強、熱愛生命、大自然的人。他出生於一九三六年，長年旅居歐洲，喜歡運動、爬山、旅行，這種種客觀「條件」足以豐富他散文的內容，開濶其視域。只看集內篇名：「阿爾卑斯山的鱸」、「庇利牛斯山大狩獵」、「普魯塞爾遇雨」、「塞納河上的蒲公英」，彷彿帶引讀者去旅行，令人耳目一新。

從題目可以看出作者對大自然的偏好，似乎都是寫景文，其實不然。它每篇文章都集中在「情趣」的表達，不論它的表面是敍景、寫事或者記人。例如「高山上的小花」、「我的小屋」等，題目以事物為主，但其實在寫人情。全書從開頭的兩篇文章「野趣」、「神秘的客人」可以說便以「趣」始，末尾四篇「不如歸」、「悲愴交響曲」、「微笑相見」、「春意」則全寫「情」，可以大致看出「情趣」貫串了整本書。這是本書最大的特色，最顯豁的優點。淺顯的情趣人人都能同感共鳴，所以它非常適合一般讀者的口味。

從容的創作意態，也是本書的特色，它使文章走筆自然舒緩。靈感左右逢源時，信筆揮灑，清淡雋永。在寫景文中，最能覓得佳句。例如：

> 汽車來了幾個急速的大轉折，真的進入峽谷了，兩邊都是高聳的山巒，只留下中間一條曲折的小路，分不清那是汽車路，或是螞蟻行走的「螞路」，遠遠看，會覺得那條路是懸在峽谷空中的。（「山」）

此句對「山」的遠景攝影相當別緻，能想人所未想。同時，它原使在寫「急速的大轉折」的動作時，文字的速度仍是慢條斯理的。這是全書一貫的風格，其成功處，確然有從容閒雅的韻致。但作者常常不事剪裁，因而產生冗雜板滯的文字，乃至造成結構鬆散，失卻焦距的情況。例如「野趣」中敍及野生蘑菇做湯味鮮，但有些野生菇有毒，須分辨清楚：

> 好在老師已經教他們了，他們也買了專書，上面圖文並茂，他們對蘑菇認變得很清楚。「爸爸，看呀！這是一個有毒的蘑菇。」大兒子說那確是一個有毒的蘑菇，它的大小像一個圓燒餅，整個蘑菇都是通紅的顏色，蕈頂上長滿了白色的斑點，如果拿來觀賞，是一朵相當美麗的花，但可惜有毒！

這一段穿插，事件本身既乏趣味，文字又有拖沓之病，作者應該勇於割捨才是。

情感，包括親情、友情、鄉情、國情。範疇相當廣，都是作者努力要烘托的。全書寫情的層次恰好落在一般人所常見常感的地方，具有通俗化的效果，必然也會吸引許多讀者。「不如歸」、「驀然回首」、「我們的歌」、「悲愴交響曲」等等，都是相當具有吸引力的題材，就看作者以何等才力表現出來。大致而言，寫情必須集中火力，針對情之所鍾、所感、所憾、所恨而舖陳，也給情以適度的評價。如「悲愴交響曲」主題是中國人的悲劇，但文章的前半，花費大量筆墨來介紹巴黎名醫安達爾，則是喧賓奪主了，這是剪裁的問題。又如「驀然回首」，貫串全篇的結構乃是用一再出現的「一驚而醒」、「忽然一驚」及「驀然回首」這類與題目重複的句子來支撐全文，這使我們想起曾虛白的「秋，聽說你已來到」也是正文利用題目一再重複的手法來做結構線，但是後者的成效遠勝於前者。因爲「秋，聽說你已來到」是完整的句子，能做全篇架構的支柱，也同時成爲全篇節奏的主要來源。「驀然回首」缺乏這樣的條件，重複反而變成累贅。

感性散文主要是表達作者主觀的感情、趣味。但這並不表示作者寫作時完全脫離知性的成分。「春意」一書中，例如「神秘的客人」、「高山上的小花」、「鑽石」、「山」等篇，作者運用較抽離的冷調進行敍述，顯現出局外人的冷靜，導致這些作品頗像小說。所以，即使文中的「我」在向女孩求婚時，仍不見湧動的情思。在登山嚮導發現繩索超重，立刻犧牲自己墜崖而死的感人事件中，作者仍然使用冷筆，這當然具有反襯的效果，也表示作者具有把握知性的能力。這種能力可以調整散文的內容，使文不致情溢於辭，泛濫無歸；可以控制散文的形式，使它修短合度。

以下，筆者想借「春意」一書來檢驗感性散文易犯的缺陷，先以「野趣」一文爲例，作者在本篇中大量套用了攝影技法，拍攝部分角度——這正是全書慣用的手法——使大森林中只呈現顏色，而聽不到聲音，這已成爲感性散文的損失，因爲大森林中必然飽含色、嗅、味、觸覺等各種感覺。「野趣」的「攝影方法」，全力集中在色彩上的綠、紅兩個系統。綠色是葉，它的變化是「有時青翠，有時蒼鬱，有時老椏橫撐」或「既翠綠，又帶點淡黃」或「榆錢樹的葉子是老綠色……她的顏色不同就是不同；梧桐的葉子……綠中帶黃，在森林的萬綠中別創一格……栗子樹……綠色青翠油亮……」從以上各種描述，讀者並未能看出森林之綠有何不同的「層次」。至於紅色，是花。總是「紅得像火」、「紅得明艷動人，紅得人心醉」，或是黃色的吊鐘花「一開就是一片『重又把森林燃燒在熊熊的大火裏』」，本文用火來形容花共七次。全書中，凡涉及寫景文，除了「滿天星」、「雪」外，每篇都重複使用這樣簡單粗俗的形容詞，「庇利牛斯山大狩獵」甚至重複四次之多。由此可見，感性散文並不是只把作者的直覺寫出就行；最重要的是作者對於看似千篇一律，其實千變萬化的自然界的面貌，有精細的觀察、深入的感受及稱職的表達能力。

「野趣」中也有少數聲音，除了作者父子間的對話就是森林中的聲音，例如：「大量的蜜蜂，牠們嗡嗡的工作不停」、「淙淙的流水，是雪融了」。這樣描寫過於通俗浮淺，完全不能呈現聲音在散文中的特殊效果。在散文中，形象要化爲抽象的意象，才能給讀者以美感的聯想；同理，抽象的感覺，不能只用三言兩語交代了事，它也可以具象化，使讀者落實的感覺出它的存在。「野趣」中的聲音描寫正要做這樣的調整。

其次，本書中敍寫許多歐洲的風土人情及大自然的景色。作者久住歐洲，其筆下寫來自不應與一般觀光客寫的「歐遊一月記」般浮光掠影。可惜本書不但未能掌握歐洲的風味，且常有悖反人情的描寫。例如「神秘的客人」中敍及一位久居巴黎的老婦人，居然不知道那每年都會來搬運核桃的神秘客人就是松鼠。一位中國讀者在發現「腳印」時已能猜出來了，卻讓老婦與作者及松鼠一直捉迷藏。「普魯塞爾遇雨」中女郎的傘被風吹走，一位小孩把他搶拾回來還她，這時她反而把傘大力擲出去：「然後，擁著那孩子，吻著那孩子，兩個人，濕淋淋的在雨裏吻著、擁著。」這種幾近怪異的行止，很難令人相信那是歐洲風格。文學作品之能突破時空，得到共鳴，還是有賴人類人同此心、心同此理的重疊部分得到感應。本書有些地方，有許多機會，可以再在人性上多做刻鏤，使散文深刻耐讀。例如「高山上的小花」敍寫一位愛山的女子，堅強而能幹。這樣一位異國女子，何以使文中的「我」傾心乃至向她求婚呢？作者並沒有把她更可貴的精神寫出來。在本文中確實有幾個地方大可以細加渲染的。例如他們在山上要過夜的前一晚，男主角的睡篷被風吹損了，作者只用一句話帶過去。並繼續爬山，直到在高山的寒冷夜晚，無法可想之下，女主角請他一道擠進她的單身睡篷。這是一個渲染兩人心境的機會，但作者只用「我無言的……走進她的睡篷之中。」輕輕帶過去，使這位異國女子的個性、風格及心態沒有留下一點痕跡。只如拍照般，留下平板的印象。

異域的「人」如此，「事物」又如何呢？例如「雪」，寫在雪地行車找愛斯基摩人非常困難，「十個小時後，終於發現……」本篇重點是「雪」，因此雪地行車十小時就該大力舖陳，把人類與雪搏鬥的眞實感情傳給讀者，在冷酷的大自然的逼壓下，人類仍然倔強地生存著。諸如此類足以挖掘的部份，作者都輕輕放過，如同篇中許多爬山文字一般，都顯得千篇一律，看不出阿爾卑斯山、庇利牛斯山究竟與其他山脈有何不同？我們相信，一位愛山的人，定然可以辨別出每一座山不同的氣息；一位能寫作的人，必然能夠描摹出他們的神理韻味。感性散文最忌諱的便是只用作者的皮膚去接觸事物。

其次值得一談的是修辭。「春意」的文字極爲放任適情，看似不曾精心鍛字鍊句，顯然作者嚮往行雲流水，渾然天成之境。不過天然總還得從鍛鍊中來，並不是粗頭亂服的原始相貌。「春意」中因過於率性、直接而產生的缺陷甚夥，例如直陳語太多：

阿爾卑斯山……覺得整座大山撲在自己的身上，有恐懼也有美的感受，……（「我們的歌」）

他總是那麼適時的、大方的、熱忱的給了我，常常使我這個負笈異鄉的寂寞遊子感動的噙滿了眼淚。早晨……點點的雪……看起來美麗極了。

這裏的世界眞是太靜了，也太美了。（以上「阿爾卑斯山上的爐」）

血染在雪上……那是我所看見最紅、最紅、最紅的一次雪……（「雪」）

像這樣的直陳語，是一般感性散文最常見的表達方式，只寫出感覺的結論，但是讀者眞正想知道的是感動的原因。有些判斷性、概念性的句子也屬於這一類型：

……我不記得我曾在什麼別的地方看過，或是那本書裏曾見過這麼美的照片，美得使我想醉。（「庇利牛斯山大狩獵」）

……雪上好像揚起一種似霧又似浪花的情調，真能迷死人……（「雪」）

「美得使我想醉」、「迷死人」都是程度形容詞的最高級，作者將描寫對象做直截的判斷、評分，便給三兩句評語，完全不是意象的語言，不是散文的語言。再看情緒化的句子：

……唱完了似乎心頭沒有那麼沉重，我吼著，叫著，不知道自己的眼淚已悄悄的流下來，更不管山峯是否會塌，我吼著，我叫著……（「我們的歌」）

作者可以用情緒化的人物爲描寫對象，但自己的文字絕不能落入情緒化的窠臼，否則就會形成引文中氾濫、空洞而令人讀之「悚慄」的文字。所以，理想的情況應是，當面對冷的場面時，往往用熱筆來反襯；面臨熱的景況時，則該用冷筆來舖陳。作者必然對於感動他的事物，能入乎其內而又出乎其外，才能掌握冷熱筆的用法。

檢討上述情形的原因，當是文字過於寒蹇造成者。例如「梧桐的綠黃這時就更加綠黃了」（「野趣」），在語意學上既不成立，在修辭學上也毫無功效，則「綠黃」二字的複疊便是失敗的，不能換替新詞，則是辭窮。又如形容阿爾卑斯山的積雪「白得像美麗的雲彩」（「阿爾卑斯山的鱸」），顯然譬喻不當，雲彩怎是白色？又如「千萬不要低估了這條小巷，春天時一片花海，尤其是櫻花怒放季節，幾百株櫻花掛成一行列的開放，眞覺得比天上的星星還多」（「神秘的客人」），既然是「小巷」怎能變成「花海」，且比「天上」星星還多。上二例聯想既已不倫，形容又乏新意，造成文字的高度枯窘。

與寒蹇相對的是繁縟。令人吃驚的是，一般感性散文常兼具這兩項缺陷。繁縟有兩種現象，一種是誇飾：例如小紅花「一夜之間，把整個森林的地面上舖上了一層火」（「野趣」）、又山坡上的小花「迸開的速度眞快，幾乎就在我的眼睛還來不及接應之間，一抬頭，整個綠色的山坡已變成紅色的了」（「高山上的小花」），由上二例，可見作者在不同的地方，描寫幾乎完全同樣神奇的花，令人難以相信那是寫實，而認爲只是過份誇張。又如「野趣」一文開頭說他在家附近有一處很大的森林，有一次他逐一隻蜜蜂，竟在森林邊緣上發現一處養蜂人家；後來孩子們發現養蜂人家時：「他們好像發現新大陸了，住在城市裏的孩子，幾曾見過這些景象？」前邊才說依傍森林而居，後文又說他們是城市的居民，這種矛盾，必然是爲了誇張孩子們的興奮，而不惜「易地而居」，造成內容全無眞誠度的誇飾。

另一種現象是文字的冗雜，藝術散文固然文字必須裝潢，但其修飾的結果必然要具有正面的效力，以免珠環翠繞竟至成爲吊飾架，甚或只成爲堆棧。例如「阿爾卑斯山的艫」重點在「艫」，但本文花了兩頁半的篇幅在寫「校門口」的風景等閒雜事情，這是段落的冗雜。至於文字的冗雜，例如重複使用相同或類似的形容詞，形容方式。「野趣」中形容「花瓣上都能擠出蜜來」，隔頁形容孩子的快樂又說「臉上那副笑容，眞的可以擠出蜜來」，便是板滯的複疊。全書中一再用火來形容花等，都造成冗雜拖沓的效果。

文字的訓練要從精簡開始，再求富麗。還有許多作家爲了加強感性效果，大量使用語助詞及驚嘆號。這樣只能收到反效果。「野趣」中「了呢啊」非常多，一朗讀便有拖沓感。又如「新長成的葉子好像透明似的，在陽光下，很像一塊完美的玉，一點瑕疵都沒有」，這麼長的句子實可縮水成「陽光下，新葉透明如一塊無瑕之玉」。諸如此類，讀者可以隅反。

上述所談的缺失，歸結而言，是作者缺乏對作品冷靜而眞誠的反省，可知，感性散文需要知性基礎來建立作者的思考方式，及語言的表達能力，例如題材的選擇、篇章結構的安排，甚至修辭的訓練。感性散文絕不是把作者的感覺，一五一十的嘔吐出來，它必得透過技巧——靠知性去訓練，才能成爲好文章。「春意」代表時下大衆喜愛的、直接的、淺露的表達方式，距離純文學很有一段距離，如果能先事鍛文鍊句，再把冷筆與熱筆融會一起，知性與感性適度調和，塑造一種知感交融的，獨具個人風格的體例，那必然將會有一番新氣象！

洪素麗「昔人的臉」

洪素麗生於一九四七年，臺大中文系畢業後赴美，擅木刻，文學創作兼及詩文。「昔人的臉」係洪氏第二部散文集，共分三輯；一輯爲「鄉土篇」、二輯爲「都市篇」、三輯爲「海洋篇」。大致而言，「鄉土篇」最好，「都市篇」次之，「海洋篇」較遜。就作者的才情與對人間的關懷來看，「都市篇」應該可以追步「鄉土篇」中最好的作品。「海洋篇」不但內容較雜，文體也不甚一致。可以說，「海洋篇」三字是罩不住各篇內容的，想來是爲了與鄉土、都市鼎立而如此命名的罷！

「瓷碗」、「花香」、「沾衣」、「洗衣」、「行船人的愛」、「燈籠花再開」等文，是「鄉土篇」中，也是全書中最好的幾篇。它們倒不全然都是「鄉土文學」，但確然純樸而高貴。從書中，我們可以看出作者的感悟性極強，觀察力極細，而最大的特色，還是她行文走筆中表現出游刃有餘的閒雅氣質。

作者的感覺不但靈敏，且有許多主觀的別解。例如在「未散之戲」中看野臺歌仔戲「梁山伯與祝英臺」，她說：「劇中的人物都是溫柔敦厚的，沒有復仇與決裂，沒有瘋狂與頹敗，毋寧是流水般的清淡與舒緩。」山伯傷心而死，英臺抱憾殉身，這等翻騰的激情，卻視之如流水之清淡舒緩；從此，亦不難反照出作者能有化驚天動地於不動聲色的心腸。再如「花香」中她說：「紫色是所有顏色中最會自我矛盾的，可以紫得很庸俗，也可以紫得很華貴」，這見解讓我們擊節稱歎！但接著：「孔子說：『惡紫之奪朱也』大概指的是那種很俗氣的紫」，這種「洪箋」眞是別解，令人莞爾。又如「逝水二十年」敍及作者中學女校對面修道院的修女：「那種輕與淡的聲音與色彩，顯得矇矓而神秘，也是因爲如此，歷屆總有同學出了校門，卽被牽進那層淡夢裏去，做了修女」。是多麼輕洩而浪漫的情懷。也基於類此別具的慧眼，在描景敍事上，文章時時透露出飽滿的感覺性，試見「昔人的臉」中的「颱風夜」首段：

……颱風倒拔著屋外的椰子樹、冬青欉，風的呼嚎聲如臨著萬丈深崖的漩渦，快速輪轉的漩渦，是受著極大創傷的深喉，從那裏，拋出旋顫不已的呼嚎，劈裂的銀青閃電，排潑出傾潑如倒牆的雨水，凌刑者的嘶喊，蒙著眼，背著手，凌亂的髮，倒折不屈身，撕開的深喉裏，痛苦嚎叫如嗥，如射出的尖矛，直揷入天……

這裏，把颱風擬人又擬物，不論以比擬的「漩渦」、「凌刑者」，或直寫的閃電，都能在形象上給人視覺相當的刺激，而許多破裂音如「劈裂、排潑、傾潑」等又助長聲音的效果，同時「倒拔、輪轉、旋顫、劈裂、排潑、嘶喊、倒折、嚎叫、射出……」等等強烈的動詞在意義上更給人大幅動作的感覺。類似例子，在許多小地方可以看到，例如「二月廻雪」首段：「……兩根困纏的鹼地，焦鹽的雪末斷斷零落，帶著青藻的氣味」。這麼短的一句，竟飽含嗅、味、聽、視、觸等感官的覺味。到了倒數第四段時有：「如果說夏日暴雨是聲色俱厲有情有意；那麼冬雪是綿軟的、纏困的、飛射的、封鎖的、欲斷未絕的、吞聲的……」可以說是作者掌握外物對她感發性的更上層樓（雖其中有些感覺實有矛盾之嫌，例如「綿軟」與「飛射」等）。再如「昔人的臉」中「黃昏城」寫一個自公寓墜下的男嬰，臥於血泊中，抬眼：「四樓一個大大敞開的窗子，粗布大朵花窗簾正整片飛出窗外，像抖開的一陣落花」。既明寫男嬰墜出的地方，又暗會「落花猶似墜樓人」，把典故化得這麼巧妙、自然，落英已成落「嬰」，給人的感覺又分外深刻。

「沾衣」的成功，使作者入世的情懷有最肯定的呈現。這種精神，也流溢在其他篇章中，可見的是，作者不但惜物愛人，且泛及鳥獸蟲魚，「瓷碗」、「行船人的愛」、「憂愁風雨」及「讀鳥心情」等等都是。最成功的例子，寫人的是「雨夜的白玫瑰」。記一位「臉上看不出歡喜」的新嫁娘，因爲不是小說，作者用最少的筆墨介紹她之後，做個純感性的結論：

相交十年的好友，美麗如一株雨夜白玫瑰：水質的、清香的、背光的、脆弱的，有著東方原質的溫柔，卻震嚇於西方文明的聲勢，不懂得女權運動的自衛，遠離父母家族，更想遠離束縛她敏感心靈的黃色背景，獨自工作，獨自生活，獨自選擇莫測的命運。在暴雨倥傯間，登上另一隻船，「女子今有行，大江泝輕舟」，煙霧泛泛的雨中街頭，她果決地登舟去，一時間，黃色、黑色、白色、藍色，她身上的一切色彩歸於蒼茫，剛硬冷質的都市建築與人羣，幢幢搖撞在灰色氣候裏，有如硬銅幣丟擲在冷盤上，鏗鏘一聲！

而雨夜的白玫瑰花，是一張青白顏面，皺摺散放出焦葉的黃色氣味來。

看了這最後兩段，就知道前面對「白玫瑰」的介紹文字，都被精鍊地濃縮成結論。此處除了末尾這一行一段可以刪削——讓全文在「鏗鏘一聲」悠揚的餘音裏戛然而止，很有餘味——全段都珠璣可取。從這裏，我們可以看見作者如何善於把握人物抽象的品質，再以具體的物象，用借代的方法表現出來，這是純粹成功的散文手法。

寫物最成功的是「花香」，全篇都用半擬人的手法來寫：

芍藥的美，全在於它開得盡情，湯碗大的花容，一層層開到內心裏去，把沾著黃穗粉的花心都捲出來，攤開。層層花瓣圍拱在花心周圍，纏又纏來繞又繞，「小廊迴舍曲闌斜」，說不盡的婉轉委曲、魂牽夢繞。

「盡情」二字最能傳芍藥的恣肆風流。接著「花容、內心、花心、攤開、圍拱、纏繞、婉轉委曲、魂牽夢繞」這些生色的詞句，把花色、花容、花態乃至神采全部烘托出來。接著寫英文名叫「不耐煩」的花：

這種花沒心機，容易生長，總是沒頭沒腦地從早開到晚，開得十分不耐煩。隨便掐下一嫩枝，插入土裏，它也會盡力把根生出來，深深插入土裏去；把花葉蓬蓬抽長，舒放，命硬得很。這樣顧裏又顧外，能屈又能伸的花，真像現代婦女……不講究超俗的唯美，卻有一份世俗的壯美！

運用同樣的手法，但卻從不同的角度來審視「不耐煩」，作者從「賤」花中，避開它通俗的面貌，直接探觸花的精神。所以，「深紅罌粟花，紅得深邃，不可捉摸，像火燒的晚霞，比紅玫瑰更有一種毒性的美」；而「虞美人，則比較內斂了，毋寧有種山高水遠，野馬塵埃的蒼渺，美得恍恍惚惚」。作者想捕捉的，已呈現的，實是從來難以畫成的意態！

在從容閒雅中見出情緻，是洪素麗散文中最獨特的魅力。時常，在一片悠然寧靜中，突兀出作者乍現的靈感，讓人驚喜不置。幾乎，每一篇文章的開頭都十分舒緩，正文進行的調子也是慢半拍的。例如「花香」，在看似不刻意雕鏤之中，細細緻緻的把花的多重面貌描繪出來，她的用心顯得這麼自然自在。花香「濡濕在春雨無邊似輕愁的小庭院，和秋雨蕭颯如暗夢的長巷道，由於風雨的推波助瀾，那種香，印有雨水的痕跡，可以看得見的晶瑩」。全文至此悠然而止，眞是行雲流水，止於不可不止。集內有許多篇章的結尾都相當成功。例如「昔人的臉」的「水中影」寫一個大家族裏守寡的貞婦「今天妳回來了」，而結尾是：「也是這樣的，妳離開了不曾來過的這個家門」。看似平淡，實是非常有力的綰結寡婦如「水中影」的一生。又如「都市浮世繪」中的「暗夜女子」，寫一位醉漢在滿街找他的女友，結尾是：「摩西徹夜找尋她，南施的名字是浸了淚水的鈴鐺銅環，在都市暗夜的各處角落切擦、對撞、回響著……」這種收尾是純散文的。作者能用最少的文字，為淪屬於紅塵中的男女關係，做最扼要的歸納。其他如「讀鳥心情」、「生活的底細」等，結尾都有可翫性。

描摹繁複而又緊張的社會眾生相，作者卻能一任筆觸閒適從容，就像她「洗衣」中寫的：「水嘩嘩地沖，兩件單衣在池裏悠游」，那分「悠游」，難以效顰，無法追步。我認為它緣於作者本身之任情適性，且鍾情於雍容閒雅。試看「未散之戲」中，她獨喜野臺戲下那一份安穩與雍容。所以，她也能享受「中學女校生活平淡得福氣」（「逝水二十年」），她懷念故鄉黃蝶谷：「靜靜拍翅蝶翼，輝煌的靜美」（「二月迴雪」）。動與靜，濃與淡的對比映襯之美，應不只是修辭上的營造，而是作者人生意態的流露吧？

任情適性、意到筆隨，在成功的作品中，自然精光屢現，美不勝收。然而，若才力稍有不濟，便容易因過於放任而怠惰，本書的缺失也來自於此。從訂題目，就可看出作者之隨與：「瓷碗」、「花香」、「洗衣」等，順手拈來，與內文配合看來，也平淡無奇。但如「點名錄」中的「姿態」能掌握全文的精神，「沾衣」雙關的意義非常豐富，便是上等文題。再如「逝水二十年」題目已流於通俗，內容也欠缺修整。本文是可用「平淡得福氣」為全文主題的，但作者時常亦用三言兩語交代了事，例如：「中學時期的家中，亦是平安幸福的，兄弟姐妹和樂煦煦，父母親人噓寒問暖，不知人間有愁苦，現在自己當家立業，百般不順遂，真恨不得時光倒流。」結尾：「二十年逝水悠悠，人生如夢，提筆為此短文，感慨良多！」一流於濫情，二流於直陳。又如「憂愁風雨」第一節「看海的兒子」前兩段緩慢得已近拖沓，進入正文後也嫌鬆散。第十八、十九兩小段，重複說明自己「走著亂七八糟的路」，實在只是做結論式的說明，所以重複文意便是累贅。再如「童心」記錄兒子自創的「童歌」——本文並沒有作爲兒童文學或兒童創作的迹象。作者卻用了五十七行來敍錄，實在令人吃驚。再如「人間因緣」本是敍寫作者與人際的因緣，但敍到她與時報「人間」編輯的交往時，竟岔出題外，大談七十年代的詩壇等等，筆鋒轉至報紙的「人間」，到結束時卻沒有回到作者的人間來，就全文的結構言，應屬敗筆。再如標題極好的「行走的風景」，可惜它的「前言」太長，正文內容太雜，主題不能集中。集內最失敗的作品要屬「沒趣」，內容貧血，確然沒趣。作品的失敗，應歸咎於作者的疏懶，也就是，她分明有能力寫得更好，卻未留心。在「夏日風情」第一行：「夜裏太熱，睡不著，起來坐在窗邊，稀微夜風細細滲進來，心仍焦躁著。」這裏形容微風之細難抵酷熱，所以用「稀、微、細、滲」等聲音多屬齒音字，念起來有細小瑣屑之感，而意義上又是微渺的，誠能聲義並顯。這證明作者摘句尋字頗能用心，唯一旦任情大意時，連「花香」也會出現：「渺小的石竹花也是美的」，「沾衣」中有：「李後主的詞：『羅衾不耐五更寒，夢裏不知身是客，一晌貪歡』，讀來很慘……」，用「美、慘」這種歸納性的抽象辭彙，不足以傳情達意。散文創作，應該在任情與雕琢間求得調和，畢竟，行到水窮處，能坐看雲起時，巧得自然之中，還是有「天工」之輔吧！

大致而言，作者長於小品，短於巨幅，長於抒情，拙於說理。「行走的風景」主題本極可觀，而文字太長，便拖沓蕪雜。至於說理之文，最好是用抒情的筆調，夾敍夾議，盡量用感性的、詩的語言。集內「平安是福，簡單是樂」跟「逝水二十年」主題相同，但前者引起的共鳴力要小得多，即緣於此。蓋純就論文言，作者缺少鍼砭世事所需的斬釘截鐵式的雄渾筆力。就「平」文內容言，它借紐約一椿兇殺案件，述說人類生活充滿危機。本文走筆至二二五頁：「了解平安是福，我們也比較能享受清淡平和的日常生活，並以簡單爲快樂的依歸。」分明已是結束，誰知翻到次頁，又東山再走——而不是柳暗花明——「再分析一下現代人的迷失、不樂，總是因爲……」這是結構上的大疵。本文還有重複之弊，不再細舉。集內較好的論文，如「負傷者」，純從感性出發，所以她說：「人生是充滿各式各樣失敗的棒喝的」，實是水到渠成的結論。作者應該把握自己的優點，發揮自己的長處，寫出這一類較成功的議論小品。

「海洋篇」收錄幾篇影評，其中最好的是論「羅生門」。這些影評，就「觀後感」而言，是有些獨到的見解，但，止於局部印象的記錄，且也相當隨興。若就電影藝術的批評而言，它實難登堂奧。

「昔人的臉」中所具有的優點，不難學步；而它可見的缺失，同樣不難修正，也容易避免。作者是個有潛力的作家，唯前途遙遠，尚須踏實精進。

羅青「羅青散文集」

羅青生於一九四八年，他畫畫❶、寫字、寫詩、寫散文，也寫詩評、畫評，也整理文史資料。誠然是個「藝術的多妻主義者」。在文學的創作上，他已出版四册詩集，但只有一本散文集。無論從作品的產量之懸殊，寫作時間之長短及寫作態度之傾向上看，顯然作者是較偏重於新詩之創作❷，即令就「羅青散文集」而言，作者「純散文」所佔的比例也嫌少。

本集共分二卷，每卷又分二輯。卷一「水墨齋秘藏小品」爲「純散文」，其中一輯爲「瞳畫册子」，二輯爲「寫意册子」。卷二「草根堂冶劍口訣」，其中一輯爲「詩燈册子」收論文四篇，全爲討論現代詩的文章，二輯「藝文册子」雜文論文兼收，內容也較龐雜，包括談小說、電影、繪畫、出版等等，使這本書屬於廣義的「散文」集。在本文中，只側重評論其

❶ 見「羅青散文集」(洪範書店，一九七六年初版)(以下簡稱散文集)自序，作者原想成爲大畫家，不料成爲「別人心目中的作家」。

❷ 參見散文集「後記」二五〇、二五一頁。

純散文部份，卷一佔一〇七頁，在全書二五三頁中還不到一半的篇幅。

本書最爲醒目的是目錄，極爲別開生面。一瀏覽就叫人愛不釋手，覺得作者散文的風格當也是這麼獨樹一幟的罷。它每一篇文章都有册有名，卷一的册名是：「三月册：春／潤染册：霧／騰雲册：雨／嬌慵册：鏡子／……」等等。連卷二的論文也這麼詩情畫意的安排著：例如一輯論詩的文字叫做「詩燈册子」，篇題則是「獻辭册：鍛接的時代」，實則是一篇論詩文字。類此文題俱經作者美化，使讀者乍看之下，只覺目錄安排通體整齊美妙，極具巧思❸，做爲一個詩人，羅青被認爲是個「強調知性秩序」的人❹，他自己也分外強調「編詩集還是應該編得有計劃，有起伏才好」，且在他談到自己編排詩集「吃西瓜的方法」的方法時❺，可看出作者編排詩集目錄，運用匠心與散文集相同，都極講究有「譜」。職是之故，使我們覺得卷二內容脫離純散文，實是一種遺憾。

卷一散文，全皆短小精巧，實是典型的小品文。且大多爲詠物小品，所以描景文很多。作者具有畫家特有的觀察力，又極傾心於晚明小品與繪畫之互爲影響❻，故其摹山範水之時，自多受其濡染。最落實的如「鬼趣册：歸」，作者在附記中自道：「清大畫家羅兩峯，以『鬼趣圖』名震中外……此地，以原子筆略摹其意……」，又如「礁溪册：藝」眞是道地的以畫入文，其首段：

她的藝術才能是多方面的。比方說，她喜歡用大筆潑墨，然後勾勒出石骨骼崢嶸的地方，並且在點苔提神，渲染明暗之際，妙手天成讓一條彎彎曲曲的小徑自自然然的露了出來。當我們順著小徑上山的時候，她又趁機，讓我們剛轉過第一個崖壁，便看到瀑布一道，從山左奔騰瀉出——給你們一道清涼的驚喜吧，她好像是這個意思。

此段，除了最末一句「她好像」云云，我個人極想刪削之外，這種「畫」法是相當令人欣賞的。然而此文還明白點出她——造物者——在畫「礁溪」，還不如「騰雲冊：雨」中的畫筆在外，例如：

飄入都市，飄入小巷；漫不經心的，織起一朵朵一街街的花傘。讓枯樹伸張，成為珊瑚；讓綠樹飄盪，成為水藻；讓潑剌而過的車子成為多色多彩的游魚。然後，飄然用一條濕濕的柏油帶子，繫一個誰也解不開的大花結，繫住珊瑚繫住樹，繫住那些繫不住的花朵和游魚，更串起串不起的都市……

❸ 此係就純散文角度而言。若依卷二論文性質來說，則如此題名實不夠醒豁。例如：輯中「實話冊：實說」是論陳若曦的小說。「廢名冊：發現一個小說家」是論廢名的小說。讀者很難望文題而知雅意呢！

❹ 見「中國新詩賞析」（長安出版社，一九八一年初版）第三冊，二八八頁。

❺ 以上俱見散文集一三六頁。

❻ 見散文集後記。

意象美好，畫幅自然呈現。本文寫雨，但通篇不提「雨」字，只在題目點出，這是羅氏散文的特色，使題目的分量變得分外重要。本文寫雨之旅，意想雖不算新鮮，但處理得飄逸纖美，可惜尾段文字過於累贅，甚是煞風景。

描景文不但文字上要有畫意，使「難言之景如在目前」，且要有「境」。就小品文之「境」最重要的三點：情、趣、韻而言，試看作者牢籠了多少。

作者寫景時捕捉物我之間的感發較少，故激發出的情味也較淡。在純寫情的小品中較有可觀，如「驚夢冊：回家」是上乘之作。寫鄉情，因離家太久，懷念甚殷，所以自然入夢——作者很技巧的不明說出來，開頭是「驟然驚覺，離家已經很久很久了。」接著是：「最近，常常看見小妹站在家門口，等我放學回家……」承接得非常好。從「驚覺」而立刻轉入「思念」但偏不說思念，只寫思念過殷，所以寫「常見」——如在目前。接著用畫筆，描摹記憶中，小妹小時在巷子等他回家的情景。當妹妹見到他而高興的奔向家門，奮力推門之際——也推醒了作者的夢——但文中偏不說「夢」：

> 當我正奮力用手推開被子的時候，依稀還聽見她那嬌小的聲音，自世界的另一端，遙遙且清脆的傳來：「媽媽！大哥回來啦！」

此段收束全篇是非常精緻的，它在字面上承接上段的「奮力推門」的動作，在意義上卻達到「驚夢」的逆轉效果。「依稀」眞是鄉情留戀難捨，而「自世界的另一端」則不僅告訴讀者離家，不但「很久很久」且是很遠很遠呢！此文寫憶家成夢，但文中不著一憶字一夢字，卻由題目「驚夢」跳脫而來。文字表面看來閒閒著筆，但在時空揉合之下，情味頓然湧出。

作者描景小品，刻鏤極爲用心，但墨色習於清淡，故其意趣多傾向於輕盈。但在寫人事的小品裏則重在諧趣。「嫩葉册：新鮮人」活潑生動，跳躍傳神，已可見端倪。最可翫賞的是「人物册：五面」，五篇短文，寫五面人物，每篇不到三百字，但卻能把五面人物寫得「面面」俱佳。五篇結尾都是神來之筆，其中最具雅趣的是「封面人物」。

但是，像「文房册：書桌」、「題款册：名字與別號」等文，則不見俏皮生姿，筆下未現機智。尤其「名字與別號」此等雜文，筆不辛辣，火候不出。足見作者寫雜文、小品，其長處不在鍊句之巧，而在鍊意之深與章法之變。

小品文之「韻」最是難得戛戛獨造，我們相信文格是人格的反映，故作者風味之清濁常常左右文章氣息之雅俗。羅青非常心儀晚明大家張岱的小品，謂其「陶庵夢憶自序」：

> 不但文理精，造句奇，章法無懈可擊，文氣一貫到底，尤其難的是其神思能戛戛獨立，一洗俗調，可欣可佩，叫人無法追及。

作者在全書「後記」中這麼推崇張氏，實有仰慕追步之意。張氏小品之好，文理、造句、章法技巧之佳，其他大家亦所在多有，而其最可貴處在「神思」之戛戛獨立。其神思也者，臺靜農說的更好：

「夢憶」文章的高處，是無從說出的，如看雪箇和瞎尊者的畫，總覺水墨滃鬱中，有一種悲涼的意味，卻又捉摸不著。余澹心的板橋雜記，也有同樣的手法，但清麗有餘，而冷雋沉重不足[7]。

張氏這種難以言詮韻境，實來自他人格的反映，其間關係固然非常複雜，不是本文所能析論，但張氏的人格若何，臺氏在上文也提到過：

大概一個人能將寂寞與繁華看作沒有兩樣，才能耐寂寞而不熱衷，處繁華而不沒落，劉越石文文山便是這等人，張宗子又何嘗不是這等人？錢謙益阮大鋮享受的生活，張宗子享受過，而張宗子的情操，錢阮輩卻沒有。

張氏的小品，出奇層變，筆挾風霜，氣吞莊列，極具雄渾之勝，這種功力，學者或可力強而致，但其超世絕俗的人生意境，絕難效顰。但把人生意境傳諸於文章的方式卻值得作家借鏡。

回頭來看羅青的散文，不論就張岱人生意境之超拔，寫作技法之高妙，二者皆足以提供作者無比豐富的啓示。可惜，羅氏似較著重吸收其技巧，故其文於選題選句選字上，刻鏤較多，僅就這一方面言，反有失張岱不求工而自然之妙。

是故，在羅氏散文中，其修辭部份是值得注意的。它最成功的一部份是定題目。它的題目不做通常提綱挈領的作用，而是貫常與正文主題呼應點醒之用。且其照應之間，常出人意表，使題目顯得別具匠心。前邊提到的「驚夢册：回家」、「礁溪册：藝」等都是上乘之題；而「晚霞册：燒畫」文題本身之上下輝映、「野渡册：畫」之上下互補俱見精巧。再如「弦月册：微笑」題目亦好，寫月，但全文不著一月字，擬月為「小舟」而「微笑在河心」，意想本非常巧，但全文三次落實指出「微笑」，且以「微笑」直接借代「弦月」則為敗筆，實是文不副題。

當作者著意描寫景物時，是相當用心鍛字鍊句的。全書首篇「三月册：春」便給人這種感覺。第二段：

> 小溪發條條潺潺的請柬以游魚，游魚邀長長飄盪的水藻以柳岸，柳岸摟款擺細腰的青草以微風，微風妙填一闋蝶戀花以園林。園林呵園林，園林之中，春色順著四射的噴泉，不斷的噴來，噴來；噴向人家噴向牆，噴入牆內噴向瓦。瓦下草上，春光在小巧的雀翅下，以玻璃窗之熠熠為天氣打拍子，而每一拍之內，都反映著一朵白白的白雲；春光在黃狗的小眼中，以蝶翼之多事為蓓蕾開 Party，而每朵花苞之中，都包藏著辮辮芬芳的情書。

❼見「校點陶庵夢憶」（開明書店，一九五七年初版），「臺序」。

頂眞、疊字、類字及類疊是本文的特色，這些技法都不外重複的原理，造成本文的基調，以配合春天輕快舒暢的氣息。就這一小段而言，春色、春光的一再出現，不但過於直陳且是架床疊屋。同樣是「重複」但效果適得其反。另外，本文全用擬人法，此亦是全書寫景文的一貫手法，然已近揮霍程度。

寫景文，最需抓牢景物的精神面貌。不論描山摹水，雖然寫得俏皮生動，但這只是景物的常態，而非其特色。例如：「橫貫册：訪」即頗能掌握中部橫貫公路磅礡的氣象，但類此之作極少。較多的是如「野渡册：畫」中的：

> 事實上，松林是和草地一起從山谷中出來迎接你的。起先，你還以為是遇上了一羣駕著碧雲的虬鬚金剛，不覺嚇了一跳，怔住了。這惹得大家都笑了起來，直到金剛笑成了松林，松林笑彎了腰；直到碧雲笑成了草地，草地笑出了黃花，你才定住了神，匆匆的向前走了兩步，也不好意思的跟著笑了起來；邊笑邊走之際，你發現，有一個小太陽，正躲在松間，望著你，像草中的小黃花一樣，好奇的望著你；在風中，一閃一閃的望著你。

前段引文修辭尚有可觀，而此段文情兩遜。經過擬人後的松林等物等變得臃腫，他們的動作，尤其是笑，相當沒來由，而後松林間的夕陽也毫無表現。在此，靜物雖被寫成動物，但並不活跳。實應歸咎於取的景已是「呆象」。

個人以爲，學步晚明小品，固能得其從容閒雅，但往往只具陰柔之美，而掩殺慷慨激昂之態。又讀者習於鑑賞一沙一石一花一木，往往自己創作時又容易流於見樹不見林，能從一粒沙中讓讀者見出大千世界的作者實如鳳毛麟角，此是晚明小品容易影響人的短處。然而，它又具有另方面的長處，卻又常被人忽略。晚明小品即令寫景也常能寄寓寫作者個人的生命情態及哲學觀念，衡諸羅氏寫景散文則嫌單薄。其詠物小品，取材已然纖小，其內涵又絕少拍到一己身上，所以絕難窺見作者湧動的情思，沉潛的感知；又因風格的單一，更無由摸索作者心靈的底蘊，就散文這一文類而言，應是遺憾的事。

哲理小品實是作者可以加強的一面。集內如「掃葉冊：後院」、「我們冊：見證」，都可以朝向這個目標寫，但這兩篇尚未點到已經結束，誠然可惜。

羅青的散文，立意求新，但尚未建立一己的新天地，可以耕耘的沃土還相當廣，且讓我們拭目以待。

林彧「愛草」

林彧，一九五七年生，是臺灣第四代傑出詩人；他的「愛草」是一本玲瓏剔透的小品文集。全書分爲五輯；第一輯記錄童年往事，首篇題目爲「輕便車軌」，正喻示輕鬆愉悅的童年如列車般駛來，而末篇「爬過那座山頭」則象徵童年階段的結束，一輯也用此篇爲總目，足見作者在篇目設計上極具匠心。本輯中「愛草」、「蝶花」、「異國神父」、「遠足」具爲佳篇，作者不僅寫自己，也寫童年眼耳所見所聞之事。故事雖缺乏新穎性但處理手法堪稱新巧，「異國神父」便是用第一人稱配角爲觀點寫成的佳構。大抵而言，本輯充滿對童年的緬懷、傷逝之感。

第二輯爲「踏雪寄信」，較多告白式的語言，屬於有對象的性靈小品，其中「請幫我撥個電話」爲傑構。三輯爲「七層樓筆記」內容大率屬於「都市筆記」，與一輯恰好相反，但「爭執」、「西風的話」似應挪置後者中較妥。本輯中作者較喜議論，「位子」爲頂尖之作。四輯爲「人物卡片」，以寓言體來特寫人物，短小精簡，含蓄蘊藉，値得再三翫味。五輯爲「千言滅萬語」，收三篇文章，爲全書最弱的部份，後二篇以散文語言處理小說題材，不免蕪雜疲軟，題材本身也陷溺在社會版的通俗新聞中。

作者擅長寫短篇小品，每篇都有一個可愛的主題，把平凡的事理雕琢得晶瑩剔透，這歸功於作者高妙的修辭技巧。林燿德在該書「序」中，謂其「飛白、頂眞、跳脫、錯綜、類疊等技巧的運用都相當成熟與自然」，實則作者成功的修辭手法實不僅止於林氏序文中例舉的型式設計，更可觀的部份乃在於表意方法的恰當調整，諸如譬喻、借代、轉化、雙關與象徵的巧妙運用，不但建立了作者個人獨特的修辭風格，也使本書具有一流的修辭水準。連標點符號，作者也有獨特的用法，例如「請幫我撥個電話」中頓號使用更顯詭奇：「天天給你電話，難道都喚不回、更、何、況、去年我生了場重病……」；而「色相」中卻出現「兩伊戰火再度燃起政府不考慮油價上漲某某女星否認和某導演的戀情盲人摸彩得到彩色電視機午夜牛郎美好挺到府日夜服務瘋狂大拋售僅剩最後三天」不用一個標點符號的連緜長句。以上二例都能充分呈現頻用與不使用標點符號的特殊功能。於此，便可見出作者工於雕鏤之一斑，但也基於此，文風不免有傾向繁縟之弊，尤其抒情語言過分舖陳，文字極易流於花巧輕浮，因之，文章的質地要力求厚實，則是作者不可忽視的。

全書呈現作者對人間深切的關懷：基於愛人戀物，故有情趣小品；基於思考反省，故有哲理小品；基於批評鍼砭，故有諷刺小品。

情趣小品以一輯爲主，寫作時間集中在一九八二、三年，最後兩篇「好料子更要剪裁」、「爬過那座山頭」作於一九八四年，可看出作者從情趣跨越到理趣的痕跡。

「遠足」最能顯露作者把平凡無奇的事物寫得情趣盎然的功力，開頭第一段就非常成功：

在鄉下唸書是件快樂的事，山色蒼翠……天空也湛藍得如此無惑無畏。在鄉下唸書便會有種青色的心情和胸懷，就算薄薄的成績單上出現火紅的赤字，也都當它是草叢裏冒出的小花。

天空的「無畏無惑」正映襯出成績單上的赤字不值得藏頭縮尾，情、景如此交融而寫，令人擊節。「蝶花」寫鶼鶼之情，可惜本篇的主題不夠集中，尤其蝶花的象徵意義未能在作者筆下凸顯，使它的情趣不夠飽滿，非常可惜。

就林彧的散文路數來觀察，我們可以發現他的哲理小品實是情趣小品的深刻化；妙在能夠自然而不露斧鑿痕跡地切入哲理的層面。例如「爬梯」首段：「我慢慢地在歷史大樓昏暗的窄梯往上爬」，「歷史」二字便是雙關。在往上爬的過程中，遇到許多人，最後一句是：「擦肩後，他們都下樓了。我往上爬著，在昏暗的歷史窄梯上」又雙關收尾。「爬過那座山頭」也是同樣的格局，都是表面爬梯、爬山，實則指人生的跋涉，哲理小品不宜把雙關之處落實點出，例如「好料子更要剪裁」的末尾兩段，特意以自己成長過程中遭到「刀尺之痛」，且不知能否肯定自己是不是「一塊好料子」，而明白譬喻裁衣，則嫌露骨。

諷刺小品是書內較爲可觀的一部份。「化仙」和「魚」以幽默的、溫婉的筆調嘲諷世事；而「樹林」、「分類廣告」則用筆較爲冷峻，可讀性很高。但都不及「位子」及「人物卡片」中諸篇值得細細翫味。「位子」的象徵意義很強烈；作者實不必在文尾直接告訴我們：「整個世界像擁擠的公車正緩緩向前行駛……每個人都該有自己的位子吧」，這層意思在文中敍述事件時已暗喻出來。這篇文章指出每個人在社會上都必須定位；既肯定也安定自己。青年學生不急著找位子，因爲他們還不了解定位的重要；大部份的成年人急於定位，所以不挑剔，只要有位子就好。但文中的「我」是有所選擇的：「我的位子在最後那一排」，但是已被一對情侶搶先佔去了，所以雖然還有許多空位，「我」依然堅持以吃力的姿勢站著。這裏寫出「我」揀盡寒枝不肯棲的情操，而其關鍵著落在情侶座上，也透露出「我」生命的重點所在。接著敍述又上來了一位胖子，硬把自己擠進已坐滿六人的椅子上，當他下車時，又把這擠來的位子讓給一位剛上車的熟人，足見作者在這篇短文中創作的意圖非常大，還要影射社會制度、習俗，甚至失業等諸問題。但也因此，使全文產生兩個焦距，而文章最後一句「我」的祈禱：「誰是我的朋友？請留個位子給我！」的指涉意義便更加模糊了。

「被版面剔除的人」，寫一位自殺的老人，沒有新聞價值，所以被版面剔除。這正是現代社會芸芸衆生的抽樣。作者極善於雙行並寫人物，本文以老人留下的菜單——代替遺書，與「我」，一位新聞記者邊處理新聞邊啃麵包——每天清一色的菜單，雙線進行，因此互相指涉，使通篇意蘊飽滿；現代社會中每一粒「我」都極渺小，且頭腦空洞，死之前，生之時，只記得菜單。遺囑只是菜單，證明現代人缺乏心靈生活。當全文結束時，作者寫採砂機還在不停的操作：「還在貪婪地吃著嚼著砂石」，非常巧妙的把老人與「我」的雙線綰結在一起。現代人只懂得吃，但卻像採砂機般麻木地嚼食而已，諷世意味十足而完美。

「保險櫃裏的人」寫一個人躲進保險櫃中，而保險櫃的鑰匙和號碼只有他自己知道。此則寓言，直指現代人缺乏安全感的情境。保險櫃雖黑暗，卻是唯一保險的地方。於是造成人的逃脫、隔離世界，終於產生自閉症，只得遁入象徵子宮的保險櫃。

作者生長於鄉村，成熟於都市。兩種截然不同的環境都是他所熟悉的；但作者處理鄉村、童年時，往往無法掌握五、六〇年代的特色。也就是說，除了山、水、花草等千古以來鄉村一式的背景外，作者沒有提供自己童年時的器物來代表那個時代的生活面貌。例如「化仙」，抽象的敍述不如落實於記載當時醫療設備的簡陋，「豆腐磨坊」及「白楊樹林」等等都顯得文、情遠勝於質。故事通俗乏趣而浮濫，與作者其他佳作無法倫比。

相對於鄉村，作者對現代都市的觀察便能更深刻而細密。他發現個人的寂寞（「孤單去海邊」）、生存競爭的劇烈而無意義（「樹林」、「爬梯」），人與人之間的疏離感與欠缺安全感（「窗旁的人」、「保險櫃裏的人」）等等，我們確實感到作者掌握了時代的脈搏，人類心靈的深處。這確實是作者值得繼續耕耘的一片沃土。

「愛草」一書寫作技巧的成就，不僅止於修辭。它的結構佈局也有凸出的表現。「請幫我撥個電話」是非常成功的作品。作者再度運用雙線並寫的結構，巧妙地拈連起來。一邊是「我」，一位與女友南北隔閡的熱戀中的男子，每夜十時整準時打電話給女友，歷夏經秋而至冬季：「那把藍色話筒逐漸冷了，甚至話筒裏的聲音也慢慢降低溫度」，頹勢已難挽回，但熱情的「我」仍每晚十時撥公用電話。有一晚，一位文盲婦女請他撥個電話給臺北的女兒。從此，幾乎每天他們都會相遇，並代她撥電話。從她對女兒滔滔的訴請中，讀者知道她的女兒離家已十年，不肯回來。文字進行到一半，我們便可看出「我」的地位與那婦人一樣，都在向遠方的「親人」乞愛。但對方報以冷漠。所以，婦人對女兒的詢問「眞的不能回來？還是不願意？」實際上也可以代替「我」對女友的質詢。最後，「我狠下心要告訴小魚我的決定」時，對方卻一直沒有人接電話，這時，那婦人竟沒有再出現。當「我」已放棄對臺北的期待時，婦人也放棄了對女兒的希望。但「我」仍爲她撥了一通經常爲她撥的電話，最後讀者才知道那是「一一七」報時臺，女兒給母親的電話竟是「一一七」，是她有心或無意都不重要，作者也毋需說明，反而增加內容的歧義性。但一個接不通的電話號碼，足以象徵文中兩位主角無法與自己所愛的人溝通，也印證了兩人終必放棄的命運。而「一一七」至最後才揭示出來，其懸宕效果非常成功。像這樣形式與內容密切配合的作品，實令人愛賞不盡。當然，書內如此佳構並不多，例如「幽木」便明顯呈現技術上的失敗。幽木原是淳樸的農家子弟，在他二十歲那年，因颱風而山洪暴發，他的雙親位列三十五位死亡的名單中，鄉裏請來道士爲死者作法，幽木認爲道士是騙子，與其送錢給他作七天法事，不如省下來築水堰。他狠狠揍了道士一頓，道士也畫符咒，揚言幽木要被扛一輩子石頭，這話果然應驗了，村人趕忙集資請道士化解咒符。道士收了錢竟然失蹤了，有一天，有人在青龍潭發現他的浮屍，幽木註定一輩子扛石頭了。這故事極富傳奇性，但放在文學作品中毫無意義，它可能是作者童年親眼所見所聞之事，但事件儘管眞實又詭異，卻絕不就等於是一篇好文章，作者未嘗消化這素材，重塑這素材。「被版面剔除的人」、「保險櫃裏的人」、「痲雀一般的人」諸文中的「人」，他們的行爲也詭異，但作者把它置入寓言結構中，將幻想中的事物客觀化、具象化，擺至現實世界中進行「試管試驗」，這正是魔幻寫實主義的精髓。而「幽木」的詭異卻超然於常情常理之外，最主要的是，作者想藉這個故事來表達什麼意見呢？是薛西佛斯的翻版？吳剛伐桂的重現？但他們的悲劇意義何在？這是一則極好的故事，但作者沒有處理好。至於如「暮色」、「十萬火急大贈送」等篇則是題材本身便俗濫膚淺，技巧稍差，便會一蹶不振的。

綜觀林彧散文集「愛草」，固然不無瑕疵，但也顯露作者在散文寫作上的潛力，如果繼續細心經營，去除花巧不實的修辭，掌握結構與題旨的微妙關係，假以時日，必能獨樹一格，成爲「方面大員」。就現階段而言，這本散文集確實把作者個人的生活與歷史做了一次生動的勾勒，其中不乏值得賞翫的精緻篇章，散文家唯美的心靈也躍然紙上，自有它可喜可傲之處。